काशीनाथ सिंह

काशीनाथ सिंह का जन्म 1 जनवरी, 1937 को बनारस, उत्तर प्रदेश के जीयनपुर गाँव में हुआ। उनकी आरम्भिक शिक्षा गाँव के पास के विद्यालयों में हुई। काशी हिन्दू विश्वविद्यालय से हिन्दी में एम.ए. (1959) और पी-एच.डी. (1963) किया। इसी विश्वविद्यालय के हिन्दी विभाग में प्रोफेसर एवं विभागाध्यक्ष रहे।

उनकी प्रकाशित कृतियाँ हैं—*लोग बिस्तरों पर, सुबह का डर, आदमीनामा, नई तारीख़, सदी का सबसे बड़ा आदमी, कल की फटेहाल कहानियाँ, कहानी उपखान, पत्ता-पत्ता बूटा-बूटा, प्रतिनिधि कहानियाँ, दस प्रतिनिधि कहानियाँ* (कहानी-संग्रह); *काशी का अस्सी, अपना मोर्चा, रेहन पर रग्घू, महुआचरित, उपसंहार* (उपन्यास); *घोआस* (नाटक); *हिन्दी में संयुक्त क्रियाएँ* (शोध); *आलोचना भी रचना है* (समीक्षा); *याद हो कि न याद हो, आछे दिन पाछे गए, घर का जोगी जोगड़ा* (संस्मरण); *गपोड़ी से गपशप, बातें हैं बातों का क्या, हंसा करो पुरातन बात* (साक्षात्कार)।

अपना मोर्चा उपन्यास का जापानी एवं कोरियाई भाषाओं में अनुवाद। जापानी में कहानियों का अनूदित संग्रह। कई कहानियों का भारतीय और अन्य विदेशी भाषाओं में अनुवाद। उपन्यास और कहानियों की रंग-प्रस्तुतियाँ। तीसरी दुनिया के लेखकों-संस्कृतिकर्मियों के सम्मेलन के सिलसिले में जापान-यात्रा (नवम्बर, 1981)।

उन्हें *भारत भारती पुरस्कार, कैफ़ी आज़मी अवार्ड, कथा सम्मान, समुच्चय सम्मान, शरद जोशी सम्मान, साहित्य भूषण सम्मान, रचना समग्र पुरस्कार* और *रेहन पर रग्घू* उपन्यास के लिए *साहित्य अकादेमी पुरस्कार* से पुरस्कृत किया गया है।

सम्प्रति : बनारस में रहकर स्वतंत्र लेखन।

उपसंहार

उत्तर महाभारत की कृष्णकथा

काशीनाथ सिंह

राजकमल पेपरबैक्स

पहला पुस्तकालय संस्करण
राजकमल प्रकाशन प्राइवेट लिमिटेड द्वारा
2014 में प्रकाशित

राजकमल पेपरबैक्स में
पहला संस्करण : 2015
आठवाँ संस्करण : 2026

राजकमल पेपरबैक्स : उत्कृष्ट साहित्य के जनसुलभ संस्करण

राजकमल प्रकाशन प्रा.लि.
1-बी, नेताजी सुभाष मार्ग, दरियागंज
नई दिल्ली-110 002
द्वारा प्रकाशित

शाखाएँ : अशोक राजपथ, साइंस कॉलेज के सामने, पटना-800 006
पहली मंजिल, दरबारी बिल्डिंग, महात्मा गांधी मार्ग, प्रयागराज-211 001
1, अनमोल सोराबजी सन्तुक लेन, धोबी तलाव, मरीन लाइंस, मुम्बई-400 002
वेबसाइट : www.rajkamalprakashan.com
ई-मेल : info@rajkamalprakashan.com

बी.के. ऑफसेट
नवीन शाहदरा, दिल्ली-110 032
द्वारा मुद्रित

मूल्य : ₹ 250

UPSANHAR
Novel by Kashinath Singh

ISBN : 978-81-267-2865-7

सिद्धार्थ
वन्दना
और
शुभू के लिए

॥ एक ॥

उस पार धुन्ध में डूबी हुई द्वारका,
इस पार हरे-भरे जंगलों का अनन्त विस्तार,
बीच में पश्चिमी सागर की उछलती-कूदती खाड़ी,

जंगलों का विस्तार जहाँ खत्म होता है, वहीं से शुरू होता है रेत का मैदान। वह मैदान जंगल से उतरता है और थोड़ा चलकर समुद्र में गुम हो जाता है।

समुद्र रात भर उछल-कूद मचाने के बाद इस वक्त शान्त पड़ा है, जैसे सुस्ता रहा हो।

घोड़ा वहीं खड़ा था—अगले पैर पानी में, पिछले पैर रेत में, जैसे वह दुविधा में हो कि आगे बढ़े या पीछे लौटे।

घोड़ा चितकबरा था और भीगा भी। शायद पसीने से तर-ब-तर। उसके जबड़े पर अब भी झाग थे, जैसे बहुत लम्बा सफर तय करके आया हो। सूर्योदय हो चुका था और उसकी किरणें जल की सतह पर पहुँचने के लिए कुहरे से जूझ रही थीं।

असाधारण रूप से लम्बे और ऊँचे कद के घोड़े पर नज़र गई एक मछुआरे की। वह अभी-अभी समुन्दर से लौटा था दूसरे साथी मछुआरों के साथ। वह अपनी डोंगी किनारे उलटकर उसी पर बैठ गया था और जाल खींच रहा था। मछलियों से भरा जाल भारी था। उसे काफी मशक्कत करनी पड़ रही थी कि इसी बीच उसने देखा—घोड़ा। अगल-बगल या आस-पास कोई आदमी नहीं, सवार नहीं। और वह घोड़ा बुत की तरह खड़ा था—चुपचाप।

'भोलू!' उसने आवाज दी लड़के को। लड़का किनारे पानी में सीप, घोंघा, कौड़ी ढूँढ़ रहा था—'अरे, देख तो, वहाँ घोड़ा क्या कर रहा है?'

पास पहुँचते ही भोलू चिल्लाया—'दादू, इस पर तो कोई मनई है!'

मछुआरे जाल छोड़कर दौड़े। घोड़े की पीठ पर सचमुच कोई औंधे मुँह पड़ा था। घोड़े की लगाम उसके दाँतों में फँसी थी। दायाँ हाथ कन्धे से बेदम

झूल रहा था। एक पैर रकाब में था, लेकिन दूसरा रकाब से बाहर था। बदन कवच में ढँका था, लेकिन चेहरा इस कदर खून से पुता था कि पहचान में नहीं आ रहा था।

मछुआरों ने बड़े जतन से किसी नाजुक सामान की तरह सँभालकर उसे रेत पर लिटाया, तो दादू जैसे चीख पड़ा—'अरे, यह तो गोपाल भोज हैं। नारायणी सेना के घुड़सवार।' उन्होंने तुरन्त एक बड़ी नौका पर घोड़े और गोपाल भोज को लादा और द्वारका के लिए चल पड़े।

लम्बी-चौड़ी कद-काठी के गोपाल भोज बहादुर योद्धा थे। वे नारायणी सेना में घुड़सेना टुकड़ी के नायक थे, लेकिन युद्ध के हर कौशल में माहिर थे। खासतौर से मूसल-युद्ध कला में वे निष्णात माने जाते थे। उनका सम्मान सिर्फ उनकी टुकड़ी के ही नहीं, दूसरी टुकड़ियों के ऊँचे ओहदेवाले योद्धा भी करते थे। कृष्ण ने जितने युद्ध किए थे, वे प्रायः हर युद्ध में शामिल थे। इससे पहले भी उन्हें चोटें आई थीं, घायल भी हुए थे, लेकिन ऐसी गत कभी नहीं हुई थी उनकी। उनकी पूरी देह जाने किन-किन जड़ी-बूटियों के लेप और वनौषधियों के छालों में लिपटी हुई थी।

वैद्य सत्यार्थ भोज तीन रातों से उनके साथ जगे हुए थे। उनकी चिन्ता बाहरी टूट-फूट या चोटों को लेकर नहीं थी। उन्हें चिन्ता थी, उनकी छाती पर लगी मूसल की उस गहरी चोट से, जो उनकी साँसों को बीच-बीच में रोक देती थी। गोपाल भोज जब भी—थोड़ी ही देर के लिए सही—होश में आते, इधर-उधर देखते और बड़बड़ाना शुरू कर देते और हाँफने लगते। वैद्य जी के मना करने पर भी न मानते। फिर बेहोशी में चले जाते। उनकी स्थिति सन्निपात के रोगी जैसी थी। कभी होश में, कभी बेहोशी में।

गोपाल भोज का आँगन औरतों से भरा हुआ था और दालान मर्दों से। जब से आए थे, तभी से उन्हें देखने और युद्ध का समाचार जानने के लिए आते-जाते यादव सड़क पर भी ठिठक जाते थे। हर आदमी दूसरे आदमी से जानना चाहता था कि कुरुक्षेत्र में क्या हुआ? क्या बताया गोपाल भोज ने?

और यह जिज्ञासा स्वाभाविक थी। एक अक्षौहिणी नारायणी सेना गई थी कुरुक्षेत्र। द्वारका का ऐसा कोई परिवार नहीं, जिसके एक या दो सदस्य उस सेना में न रहे हों। इसलिए माँ-बाप, भाई-बहन, पत्नी, बेटा, ताऊ-ताई ऐसा

कोई नहीं, जिसकी उत्सुकता युद्ध में न रही हो।

गोपाल भोज के आने से द्वारकावासियों के आगे यह तो स्पष्ट हो चुका था कि युद्ध खत्म हो गया है, क्योंकि कोई भी यादव–गोपाल तो बड़ी चीज हैं–सैनिक जीते-जी मैदान नहीं छोड़ता। युद्ध के बीच में मैदान छोड़कर भागना उसका स्वभाव नहीं।

'लेकिन हुआ क्या-क्या?' जानने की बेचैनी यह थी।

और यह भी कि विजय किसकी हुई? पांडवों की या कौरवों की?

गोपाल भोज की 'अक-बक' से जो छनकर निकलता था, उसे दालान और सड़क पर खड़े यादवों के बीच पहुँचाते थे मोदक माथुर। भोजवंशियों के मुखिया। वे माथुर इसलिए कहलाते थे कि मथुरा के भोज थे। वैद्य जी के साथ वे गोपाल की परिचर्या में थे। गोपाल के 'अक-बक' की एक ही टेक थी, जिसे सुनाना वे कभी नहीं भूलते थे–'युद्ध तो जीवन भर लड़े थे माथुर, लेकिन ऐसा युद्ध न लड़े थे, न देखा था, न सुना था। समझो अठारह अक्षौहिणी सेना में सिर्फ दस लोग बचे रह गए हैं। सात पांडव पक्ष के, तीन कौरव पक्ष के।'

इतना सुनते ही यादव बेचैन हो उठते और फटी आँखों से एक-दूसरे का मुँह देखने लगते।

उन्होंने गोपाल की टूटी-फूटी बातों से जो निचोड़ निकाला और उससे जो सिलसिला बनाया, वह रोंगटे खड़ा करने वाला ही नहीं, दिल दहला देने वाला भी था।

सिलसिला यह था :

- अठारह दिनों तक चला महायुद्ध अन्ततः खत्म हो गया।
- आर्यावर्त का कोई ऐसा राज्य नहीं, नरेश नहीं, जो इस या उस पक्ष से न रहा हो।
- तीनों लोकों में पाया जाने वाला ऐसा कोई अस्त्र-शस्त्र नहीं था, जिसका उपयोग न हुआ हो। सबसे भयानक और अचूक दिव्यास्त्र देवताओं से मिले हुए थे, ऐसे कि छोड़े जाएँ, तो धरती बंजर हो जाए, नदियाँ सूख जाएँ, पहाड़ समतल हो जाएँ और वे सब के सब छोड़े गए थे।
- कुरुक्षेत्र का सैकड़ों योजन फैला मैदान लाशों से पट गया था–सड़ी-गली,

बजबजाती लाशों से। ये लाशें सिर्फ योद्धाओं की नहीं थीं, इनमें हाथी भी थे, ऊँट भी थे, घोड़े भी, खच्चर भी। कहीं भी एक धुर जमीन तक साबुत नजर नहीं आती थी।

- आग्नेयास्त्रों से पहाड़ और जंगल धू-धू करके जल रहे थे। लपटें आसमान छू रही थीं। जो पेड़ जलकर ठूँठ हो चुके थे, उनकी डालों पर फँसे हुए कबन्ध और मांस के लोथड़े थे, जिनसे लिसलिसा गाढ़ा द्रव टपकता रहता था।
- जगह-जगह रक्तकुंड और खून से लबालब भरे हुए नाले थे, जिसमें लाशें, कटे पैर, हाथ या सिर दिखाई पड़ते थे।
- आसमान में इतने विशाल और भयानक गिद्ध चोंच में लाशों को दबाए उड़ते रहते थे कि कोई सोच भी नहीं सकता। चीलों और कौवों से तो कुरुक्षेत्र का आसमान ही ढँका समझो। काला पड़ गया था एकदम। सूर्य सिर्फ उदय और अस्त होने के समय ही नजर आता।
- प्रतिदिन युद्ध समाप्त होने के बाद परिजन-स्वजन आते मशालें लिये हुए और लाशों के मलबे में अपने घायल या मृत रिश्तों-नातों को ढूँढ़ते। भेड़ियों, लकड़बग्घों, गीदड़ों और कुत्तों के जबड़ों के बीच से चीख-पुकार करते घायलों को पहचान लेना और बचा लेना साधारण काम नहीं था।
- पूरा कुरुक्षेत्र भयावह दुर्गन्ध से भर गया था। ऐसी बदबू कि जहर। साफ-सुथरी हवाओं ने बन्द कर दिया था आना उस परिक्षेत्र में।

तो गोपाल भोज के 'प्रलाप' से यह तस्वीर बन रही थी महायुद्ध की, जिसे मानने को तैयार नहीं हो रहा था यादवों का मन, क्योंकि उसमें अपने द्वारकाधीश भी शामिल थे और वे जानते थे कि हर युद्ध में उनकी नीति ही रही है कि ऐसे लड़ा जाए, जिसमें धन-जन की कम से कम हानि हो।

गोपाल भोज की हालत नियंत्रण से बाहर होने लगी तीसरी रात के दूसरे पहर। उनकी साँसें कभी तेज चलने लगतीं, फिर ऐसा लगता जैसे फँस रही हों। सत्यार्थ वैद्य बीच-बीच में उनकी कलाई पकड़ते और नाड़ी देखने लगते। उन्होंने काढ़ा बदलकर पिलाया था। गोपाल पी भी गए थे, लेकिन उससे भी कोई लाभ नहीं। निराश होकर उन्होंने अब सब कुछ ईश्वर के भरोसे छोड़ दिया था। वे देख रहे थे कि जब धौंकनी की तरह चलती हुई छाती शान्त पड़ जाती, तब हिचकियाँ आने लगतीं। आखिरकार भोर में अन्तिम हिचकी के

साथ मुँह से खून का एक थक्का निकला और गोपाल भोज चल बसे।

प्रातःकाल जिस समय उनकी शव-यात्रा की तैयारियाँ चल रही थीं, उसी समय शुद्धाक्ष द्वार का घड़ियाल बजा और घोषणा हुई—'महाभारत-विजय के बाद द्वारकाधीश वासुदेव श्रीकृष्ण पहली बार द्वारका पधार रहे हैं। उनके साथ ही हमारी वह अपराजेय नारायणी सेना भी आ रही है, जिससे देवराज इन्द्र तक भय खाते हैं।'

2

द्वारकावासी अपने घरों से इस तरह भागे, जैसे जाने कब से इस खबर का इन्तजार करते रहे हों। शुद्धाक्ष द्वार के आगे सागर का पूर्वी मैदानी तट लोगों से भरना शुरू हो गया। यह द्वारका का प्रवेश-द्वार था—सबसे लम्बा चौड़ा समुद्री तट और दोपहर तक इसमें तिल रखने की जगह नहीं रही। लोग पीछे से उचक-उचककर देख रहे थे उस पार जंगल की ओर, जिस रास्ते कृष्ण और सेना को आना था।

दोपहर हो चुकी थी और अब तक कोई पता नहीं।

तटरक्षक व्यवस्था में लगे थे। सैकड़ों नौकाएँ उस पार तट पर पहुँचाई गई थीं। उनके साथ तरह-तरह की औषधियों से भरी नावें और वैद्य। सारी नौकाओं के बीच में वह विशाल जलपोत था, जिस पर घोड़ों समेत रथ के साथ द्वारकाधीश इस पार से उस पार आते-जाते थे।

लोग घबरा रहे थे और बार-बार महाराज के विशेष दूत से देरी का कारण पूछ रहे थे, जो चबूतरे पर एक छत्र की छाया में खड़ा था।

वह बतलाते-बतलाते थक गया था कि हस्तिनापुर और द्वारका के बीच में कई राज्य हैं, कई नगर हैं, बस्तियाँ हैं। सबको पता है कि वासुदेव इसी रास्ते जा रहे हैं। वे जगह-जगह जय-जयकार करते हुए रथ रोक ले रहे हैं, आरती उतार रहे हैं, फूल-मालाएँ बरसा रहे हैं, उपहार में रत्न और गौवें दे रहे हैं। मना कर नहीं सकते वासुदेव। करें तो क्या करें? ऐसे में देर नहीं होगी, तो क्या होगी?

सूर्यास्त होने में अभी देर थी कि जंगल के आकाश में चहचहाती और उड़ती

हुई चिड़ियों के झुंड के झुंड नजर आए। उसके कुछ ही पल बाद हिलता हुआ गरुड़ध्वज।

स्वर्णजड़ित रथ समुद्र के किनारे पर आकर खड़ा हो गया।

कृष्ण छत्र के नीचे उसी धज में बैठे थे, जिस धज में यहाँ से गए थे। सिर पर घने घुँघराले बालों के ऊपर वैष्णवी मुकुट, माथे पर रोली, अक्षत और चन्दन का तिलक, वक्ष पर मणि, मुक्ता, हीरे का हार, बाहुमूल पर सुनहले बाजूबन्द, कलाइयों में रक्षा के मोटे धागे, दोनों कन्धों से झूलता रेशमी उत्तरीय, कमर में करीने से पहना हुआ पीताम्बर—सब कुछ वही था, वैसा ही था, बस एक चीज नहीं थी, जो उनकी पहचान बन गई थी। वह चीज थी—मुसकान। ओठों, आँखों और नीले चेहरे पर दिपदिपाती निश्छल पारदर्शी मुसकान।

कृष्ण जैसे ही रथ से उतरे, समुद्र ने आगे बढ़कर उनके पाँव पखारे।

वे उसे अनदेखा करते हुए उस ओर मुड़े, जिधर से उनकी सेना आ रही थी, हाथी पर, घोड़े पर, ऊँट पर, खच्चर पर, बैलगाड़ियों पर, पैदल। अँधेरा घिरने लगा था, कृष्ण ने मशालें जलवाईं। कुछ मशालचियों को जंगल के रास्ते पर भेजा, कुछ को तट पर नौकाओं के पास। वे लगातार मल्लाहों को, तटरक्षकों को, सात्यकि को, दारुक को, वैद्यों को निर्देश देते रहे, अनथक दौड़ते रहे, कभी यहाँ, कभी वहाँ, कभी इधर, कभी उधर, कभी नीचे, कभी ऊपर। रात भर नौकाएँ घायलों को ढोती रहीं—इस पार से उस पार।

इधर सूर्योदय हो रहा था, उधर उन सैनिकों से भरी हुई नौकाएँ द्वारका जा रही थीं, जिन्हें हल्की-फुल्की चोटें आई थीं। जो बच गए थे, उन्हें उन्होंने अपने जलयान में बिठाकर रवाना किया।

कृष्ण थके कदमों से चलकर गिरे हुए ताड़ के तने पर बैठ गए।

उनके पास ही खड़ा था उनका सारथी और सेवक दारुक। बोला—'सब हो गया दादा! अब घर चलें।'

उसे सुनकर कृष्ण चौंके। उन्हें उसके कथन में उन शब्दों की अनुगूँज सुनाई पड़ी, जो दुर्योधन की मृत्यु के बाद उन्होंने पांडवों से कहे थे—'चलिए अब। अपने घर चलें और विश्राम करें।'

वे उठे और बगल में खड़े गजराज की सूँड़ सहलाने लगे—'देख रहे हो इस गज्जू को! इसके माथे पर गदा की चोट की सूजन है। पेट पर बर्छों के घाव

हैं। पिछले पैर में तलवार और तीर की चोटें हैं, फिर भी हस्तिनापुर से अस्त्र-शस्त्र लादकर यहाँ तक आया है। यही हाल घोड़ों और ऊँटों का भी है। ये हमारे लिए वैसे ही हैं, जैसे हमारे लिए सैनिक। जब तक इनका बन्दोबस्त नहीं हो जाता, कैसे जा सकते हैं हम?'

दारुक चुप हो गया।

कृष्ण की नजर उस घोड़े पर गई, जिसका नाम 'बहादुर' था। उसकी पूँछ तलवार के वार से कट गई थी और वहाँ मक्खियाँ छपरी हुई थीं। वह बारी-बारी से पिछले पैर को पटक रहा था, लेकिन कोई फर्क नहीं पड़ रहा था। कृष्ण ने अपने उत्तरीय से मक्खियों को उड़ाना शुरू ही किया था कि उन्होंने गजोदर, अश्विन, अन्धक और मुंजाल को अपने थैलों के साथ नौका से उतरते देख लिया। ये पशुओं के चिकित्सक थे।

'मुंजाल काका!' कृष्ण उन्हें गोकुल से ही जानते थे। मुंजाल बढ़ई थे और उनके लिए कभी वंशी और कभी गुल्ली-डंडा बनाया करते थे–'अब मैं निश्चिन्त हो गया मुंजाल काका आप लोगों को देखकर! आखिर आप लोगों ने सुन ही ली मेरी पुकार!'

मुंजाल लपकते हुए सीधे कृष्ण के पास पहुँचे–'बस, अब तुम जाओ लल्ला, छोड़ दो हम पर! सब सँभाल लेंगे हम!'

कृष्ण अवाक् मुंजाल को देखते रहे।

मुंजाल ने उन्हें धकेलकर एक किनारे किया और घाव की जाँच-पड़ताल करने लगे।

कृष्ण का जी भर आया। उनके गले से कोई आवाज नहीं निकली।

'लल्ला' और इस ढलती उम्र में?

वे यह सोचते हुए रथ की तरफ बढ़े कि आखिरी बार 'लल्ला' कब सुना था, कहाँ सुना था, किससे सुना था?

वे तंग आ चुके थे वासुदेव, केशव, पुरुषोत्तम, जनार्दन सुनते-सुनते। उन्हें लगता था कि इसके लिए दूसरे नहीं, वे स्वयं जिम्मेदार हैं।

कृष्ण का रथ जैसे ही जेट्टी की ओर मुड़ा, वैसे ही समुद्र हाथ जोड़कर खड़ा हो गया–'महाराज, जलपोत के लौटने में अभी देर है और मैंने आपके रथ के लिए एक खास सेतु तैयार किया है। विनती है कि आप उसी सेतु से द्वारका जाएँ।'

जब तक कृष्ण कुछ सोचें, तब तक दारुक ने घोड़ों को सेतु पर चढ़ा दिया।

सेतु समुद्र में रहने वाले विशाल कच्छपों से बना हुआ था और समतल ऐसा कि न कोई धचका, न हिचकोला। रथ घोड़ों के बगैर खींचे अपने आप ऐसे सरक रहा था, जैसे मक्खन से बनी सड़क हो। कृष्ण को समझते देर नहीं लगी कि यह सब महाभारत में उनके 'ऐश्वर्य' का प्रताप है।

किनारे पहुँचने से पहले कृष्ण ने देखी—वही भीड़। वैसी ही भीड़। जरा भी कम नहीं। उन्होंने सारथी से पूछा—'सेना तो घर पहुँच गई। अब कैसी भीड़?'

'भगवन्!' दारुक बोला—'ये अपने उन स्वजनों-परिजनों के लिए खड़े हैं, जो अब कभी नहीं लौटेंगे।'

कृष्ण कुछ नहीं बोले, लेकिन वे भीतर से आहत हुए। एक बात जरूर उन्होंने गौर की कि द्वारका-प्रवेश का यह पहला अवसर है, जब न तो कहीं से जय-जयकार सुनाई पड़ रहा है, न उनकी आरती उतारी जा रही है, न फूल-मालाएँ बरस रही हैं। उनका रथ तट से राजपथ की ओर जा रहा है और लोग देख भी नहीं रहे हैं।

रथ जैसे ही राजपथ पर पहुँचा, घोड़ों की गति भी अपने आप धीमी हो गई। घोड़ों को मानो मालूम था कि राजपथ के दोनों ओर के भवन गोकुल वालों के हैं—नन्दगाँव और बरसाने के ग्वालों के। इनके बाशिन्दे ज्यादातर वे हैं, जिनके साथ कृष्ण ने गौवें चराई हैं, रासलीलाएँ की हैं, होला-पाती खेली है, जमुना में नहाना और तैरना सीखा है। वे आज भी कहीं आते-जाते रथ से कूदकर किसी घर में घुस जाते हैं और वहीं खा-पी लेते हैं। कभी किसी खिड़की या दरवाजे से कोई आवाज आती है—कन्हैया या कान्हा या भैया या चाचा, तो घोड़े अपने आप खड़े हो जाते हैं। आज उसी राजपथ पर सन्नाटा था। आवाजें आ रही थीं घरों से तो चीखने-चिल्लाने की, रोने-विलाप करने की, छातियाँ पीटने की और हाय-हाय करने की।

कृष्ण ने हस्तिनापुर, इन्द्रप्रस्थ या वन में द्रौपदी या गान्धारी या अपनी बुआ कुन्ती के आँसू देखे थे, लेकिन पूरे नगर का—और वह भी अपने नगर का, ऐसा हाहाकार, ऐसा कोहराम पहली बार सुन रहे थे।

'दारुक!' कृष्ण के मुँह से अपने आप निकला—'दारुक!'

'कुछ कह रहे हैं भगवन्?'

'हाँ, दूसरे राजमार्गों और गलियों के भवनों में भी ऐसा ही है?'

'यह मैं कैसे बता सकता हूँ? मैं तो आपके साथ ही हूँ शुरू से।'

कृष्ण कुछ देर चुप रहे, फिर बोले–'मेरी आँखों से आँसू क्यों नहीं आते?'

'भगवान कहीं रोते हैं?' दारुक ने हँसते हुए कहा।

'भगवान होने के लिए पत्थर होना जरूरी है क्या?'

'यह तो आप जानें भगवन्, मैं क्या जानूँ!'

जब रथ पश्चिमी तट की सबसे ऊँची पहाड़ी, जिस पर कृष्ण का महल था, के लिए मुड़ रहा था, उन्होंने अपने आपसे कहा या दारुक से–'लेकिन मैं तो बहुत रोता था गोकुल में! अब क्या हो गया?'

'कुछ कहा आपने?'

'नहीं, जल्दी चलो।'

कृष्ण ने दूर से ही देख लिया कि महल, महल का परिसर ही नहीं, पूरी पहाड़ी ही नई-नवेली दुलहन की तरह सजाई गई है। सिंहद्वार के ऊपर सात रंगों के इन्द्रधनुष और उनके बीच आकाश को चूमता हुआ गरुड़ध्वज लहरा रहा है। दोनों स्तम्भ रंग-बिरंगे फूलों में लिपटे हुए हैं। सुगन्धित फूलों वाली लम्बी-लम्बी मालाओं की झालरें लटकी हुई हैं। सड़क धुली हुई है और केवड़े के इत्र से गमगमा रही है। दोनों तरफ फुटपाथों पर फूलों-पत्तियों के गमले हैं और महल के परिसर से गाने, बजाने और नाचने के स्वर गूँज रहे हैं।

थोड़ा और करीब जाने पर उनकी नजर दोनों स्तम्भों की ओर गई। चार रानियाँ इस तरफ, चार रानियाँ उस तरफ। और ये रानियाँ कोई और नहीं उन्हीं की पत्नियाँ थीं। रुक्मिणी, कालिन्दी, मित्रविन्दा, सत्या सिंहद्वार के बाएँ स्तम्भ के आगे और सत्यभामा, जाम्बवती, भद्रा, सुदत्ता दाएँ स्तम्भ के आगे। खूब सजी-सँवरी। गहनों से लदी हुईं। खुशबू में नहाई हुईं। फूलों के कलिका-गुच्छ केवल बालों में ही नहीं, गले, कलाई, कमर और पाँवों में भी थे। सबके चेहरे पर सलज्ज मुसकान थी। सबकी बाईं हथेली पर सोने की थाली, थाली में रोली, अक्षत, चन्दन, कुमकुम, अगरुधूम, फूलों की पँखुड़ियाँ और स्फटिक का दीप।

सहसा कृष्ण ने आकाश में देखा–देवी-देवताओं के विमान स्वर्ग से उतरकर मँडरा रहे हैं। कब आरती उतारी जाए और वे फूलों की वर्षा करें।

सिंहद्वार पर पहुँचते ही रथ अपने आप रुक गया और चारों घोड़े एक साथ हिनहिनाए। सामने सिर पर कलश लिये कुमारियाँ खड़ी थीं और आगे

बढ़कर किशोरियों का दल महाभारत-विजय कर लौटे जगदीश्वर की स्तुति में गायन कर रहा था। इसी बीच पटरानी रुक्मिणी की अगुवाई में रानियों ने पंक्ति बना ली—आरती उतारने के लिए। कृष्ण बुदबुदाए—'ओह! दारुक, कितना फूहड़ और भद्दा है यह सब!'

रुक्मिणी ने जैसे ही घी-कपूर का दीप उनके सिर के ऊपर लहराया, वैसे ही कृष्ण ने फूँक मारकर उसे बुझा दिया—'बस! बहुत हुआ। अपने महलों में जाएँ आप लोग! और जब तक न बुलाएँ, तब तक आने की जरूरत नहीं।'

उनकी आँखें देखकर रुक्मिणी एकबारगी डर गईं। भौचक हुईं दूसरी रानियों ने एक-दूसरे से पूछा—'क्या हो गया है इन्हें?'

रथ सिंहद्वार में जैसे ही घुसा, राजमहल को देखते हुए कृष्ण बोले— 'दारुक, किसी राजा का महल इतनी ऊँचाई पर नहीं होना चाहिए कि वह लोगों का रोना-गाना न सुन सके।'

'भगवन्!' दारुक ने विनम्रता से कहा—'आप महीनों से सोए नहीं हैं, जाकर कुछ दिन विश्राम कीजिए।'

लेकिन विश्राम कहाँ? तोरणद्वार से हुआ तूर्यनाद दिगदिगन्त में गूँज रहा था कि विष्णु के अवतार वसुदेवनन्दन जनार्दन द्वारकाधीश श्रीकृष्ण, महाभारत-विजय करके महल में पधारे हैं।

राजमहल के मीलों फैले परिक्षेत्र में जयघोष और उत्साह का माहौल था। कहीं आस-पास के राज्यों से जुटे हजारों ब्राह्मण पुरोहित वैदिक मन्त्रों का पाठ कर रहे थे, कहीं यज्ञ-मंडप बनाकर हवन हो रहा था, कहीं यादव युवक-युवतियाँ वृन्दावन वाली परम्परागत वेश-भूषा में रास-नृत्य कर रहे थे, मल्ल लाठी-डंडे पर अपने करतब दिखा रहे थे, गायक-वादक डफले, ढोल, मजीरे, नगाड़े की धुन पर नाच-गा रहे थे। कृष्ण जब इन्हें देखते हुए अपने महल पहुँचे, तो वहाँ स्वागत के लिए मंत्रिपरिषद् के साथ अक्रूर को देखा। उनके साथ ही कुलगुरु राजपुरोहित गार्ग्य भी थे।

रथ से उतरते हुए उन्होंने कहा—'काका, इन सबके लिए महाराज उग्रसेन को मेरा आभार कहें और कहें कि सभी ब्राह्मणों-कलाकारों को यथोचित दान-दक्षिणा और पुरस्कार देकर विदा करें। मैं थक गया हूँ, कुछ दिन आराम और शान्ति चाहता हूँ।'

नर कुछ कहे तो कोई सुने भी
नारायण या वासुदेव की कौन सुनता है?
कुरुक्षेत्र के महायुद्ध ने कृष्ण को नारायण सिद्ध कर दिया था
सत्रह योजन के युद्धक्षेत्र में
तमाम आग्नेयास्त्रों, वारुणास्त्रों, वायवास्त्रों, ब्रह्मास्त्रों
की घनघोर वर्षा के बीच
ऐसा भी कोई हो सकता है कि
निर्द्वन्द्व निहत्था विचरण करता रहे
और बदन पर एक खरोंच तक न आए?
यही नहीं, विजयश्री उसके पीछे-पीछे जयमाल लिये घूमती रहे?
आर्यावर्त के कोने-कोने से
वेदपाठी बटुक और ब्राह्मण झुंड के झुंड आते रहे और
मन्त्रोच्चार करते रहे
हवन और यज्ञ करते रहे
वासुदेव का स्तुतिगान करते रहे
और दान-दक्षिणा बाँधकर मगन मन लौटते रहे।
उन्होंने जन मन गण को यह विश्वास दिला दिया
कि यह उनके आशीर्वाद का ही प्रताप था कि कंस-वध से लेकर
कुरुक्षेत्र तक वसुदेव-पुत्र कृष्ण
कृष्ण से द्वारकाधीश भये और द्वारकाधीश से वासुदेव।

3

कंस-वध के बाद उसके ससुर जरासन्ध ने
मथुरा पर आक्रमणों की झड़ी लगा दी
एक के बाद एक सत्रह आक्रमण
कृष्ण को चिन्ता मथुरा की नहीं, यादव-कुलों की हुई
उन्हें कैसे बचाया जाए?
अतुलित बलशाली जरासन्ध
उसकी विशाल सेना
पड़ोस में ही मगध-साम्राज्य
इसी तरह आगे भी आक्रमण होते रहेंगे
और लड़ते-लड़ते यादव एक दिन नष्ट हो जाएँगे
उन्हें कैसे बचाया जाए?

रास्ता एक ही था कि मथुरा छोड़ें और
कहीं दूर जा बसें अपने कुलों के साथ
जहाँ मगध-नरेश के लिए पहुँचना मुश्किल हो
उन्होंने ऐसी ही सुरक्षित जगह की खोज में
लगाया था अपने गुप्तचरों को
कि इसी बीच सूचना मिली सिन्धुराज की कुशस्थली की।

यात्रा बड़ी लम्बी थी
मगध से हजारों योजन दूर
रेगिस्तान, नदी, नाले, जंगल, पहाड़ पार करते
कृष्ण पहुँचे बलराम के साथ रैवतक पर्वत के पास कुशस्थली
चारों तरफ समुद्र से घिरा हुआ
छोटी-छोटी पहाड़ियों, जंगलों, झाड़ियों,
हिसंक-अहिंसक पशु-पक्षियों से भरा
यह द्वीप!
जँच गया पहली ही नजर में।

सभी दिशाओं में घूमकर देखने के बाद कृष्ण ने पूछा बलराम से–
'दाऊ, कैसी रहेगी यह जगह?'

बलराम उस समय द्वीप से सटे प्रभास क्षेत्र और रैवतक पर्वत का जायजा ले रहे थे। सोचते हुए बोले–'है तो अच्छी किशन! लेकिन अपना कुल बड़ा है और द्वीप छोटा। कैसे अटेंगे इतने लोग?'

सूर्य के प्रकाश में कृष्ण का किरीट चमक रहा था, मोरपंख हिल रहा था और हवा के झोंकों से पीताम्बर फहरा रहा था। आत्मविश्वास से भरे हुए कृष्ण ने कहा–'चिन्ता नहीं। जरूरत हुई तो समुद्र पाटेंगे। इसे भी एक युद्ध ही समझेंगे।'

अगले महीनों के किसी शुभ मुहूर्त में
सोमनाथ-दर्शन और द्वीप-पूजन के बाद
पहला फावड़ा महाराज उग्रसेन ने चलाया,
दूसरा फावड़ा बलराम ने, तीसरा कृष्ण ने

फिर सेना ने द्वीप चौरस करने का काम अपने हाथ में लिया। कृष्ण वहाँ से घूमते हुए पश्चिमी पहाड़ी के सिरे पर स्थित वटवृक्ष के नीचे एक जड़ पर

बैठ गए और सोचने लगे कि किधर का समुद्र पाटा जाए।

'आज्ञा हो प्रभु!' एक स्वर सुनाई पड़ा।

कृष्ण को उसे पहचानने में देर नहीं लगी। वह समुद्र थे।

'आज्ञा नहीं, निवेदन है।' कृष्ण मुसकराए, 'अगर आप अपनी महिमा थोड़ी-सी समेट लें, तो हम इस द्वीप पर बस जाएँ।'

'कैसी बात कर रहे हैं प्रभु! कहें तो पश्चिमी तट छोड़कर हम दक्षिण और पूरब ही चले जाएँ, इधर झाँकें तक नहीं।'

'उधर चले जाएँगे, तो हमारी सीमाओं की रक्षा कौन करेगा?'

'धन्य भाग्य कि सेवा का अवसर मिला। बताएँ, तो क्या करना है मुझे?'

'कुछ नहीं, द्वीप से सटी बारह योजन जमीन चाहिए, बस!'

'केवल बारह योजन!' समुद्र ने उल्लसित होकर कहा–'जाइए, दूसरे काम देखिए, समझिए यह हो गया।'

इधर समुद्र अदृश्य हुआ, उधर कृष्ण ने सागर को धीरे-धीरे पीछे हटते हुए देखा।

कृष्ण को अब दूसरी चिन्ता यह हुई कि सेना अपना काम कर लेगी, तो निर्माण कैसे होगा? कितने वर्ष लगेंगे? उन्होंने आँखें बन्द कीं और विश्वकर्मा का स्मरण किया। विश्वकर्मा ऐसे आए, जैसे बरगद के पीछे छिपे उन्हीं का इन्तजार करते रहे हों।

'क्या आदेश है प्रभु?'

'आपको आदेश देने का साहस किसमें है, प्रजापति-पुत्र? मैं केवल प्रार्थना कर सकता हूँ। हाँ, लज्जित जरूर हूँ कि यहाँ आपके विराजने योग्य कोई आसन नहीं है।'

'मुझे बैठने की फुर्सत कहाँ है? आप काम बताएँ।'

'आपने इन्द्रपुरी का निर्माण किया है। तीनों लोकों में न्यारी इन्द्रपुरी। मैं वैसा ही नगर यहाँ बसाना चाहता हूँ।'

'रुकिए, मैं जरा इस पूरे परिक्षेत्र का भ्रमण कर आऊँ।' विश्वकर्मा ने अपनी आँखें बन्द कीं और थोड़ी देर बाद खोलीं, तो उनमें खुशी की चमक थी, उत्साह था।

'हाँ, तो वैसे ही प्रासाद, वैसी ही अट्टालिकाएँ, वैसे ही परकोटे, वैसे ही

चौड़े मार्ग, वैसी ही गलियाँ, वैसे ही चौराहे...कृष्ण कहते जा रहे थे कि विश्वकर्मा ने बातें पूरी कीं–'वैसे ही जगह-जगह सरोवर, वैसे ही उपवन, वृक्ष, फल-फूल, तोरणद्वार यही, बस न?'

'हाँ, नगर के चारों ओर वैसी ही ऊँची-ऊँची अभेद्य दीवारें और दुर्ग।'

'लेकिन,' विश्वकर्मा को परिहास सूझा और वे मुसकराए, 'लेकिन वैसी अप्सराएँ कहाँ से आएँगी?'

परिहास का उत्तर उसी तरह कृष्ण ने हँसकर दिया–'उसकी चिन्ता मत कीजिए! हमारी गोपियाँ उनसे कम नहीं हैं।'

जब कृष्ण खड़े हुए, तो विश्वकर्मा ने कहा–'जैसे ही सेना अपना काम कर लेगी, मैं शुरू कर दूँगा। आपको मुझे याद दिलाने की जरूरत नहीं पड़ेगी।'

'ठीक। तैयारी रहेगी सब। धनराशि की कमी नहीं पड़ेगी, उस ओर से आश्वस्त करता हूँ। प्रणाम!'

जाने से पहले विश्वकर्मा ने कहा–'प्रभो, वैसे तो आप सर्वज्ञ हैं। आपको परामर्श कौन दे सकता है भला! लेकिन, निधिपति कुबेर, वायुदेव, सूर्यदेव, इन्द्रदेव आदि सभी देवी-देवताओं से बातें कर लें, तो कभी किसी चीज की कमी नहीं पड़ेगी। न नगर को, न प्रजाजन को।'

जब नगर बनकर तैयार हुआ, तो उसका नाम रखा गया–'द्वारका'।

उसके स्थापत्य, सौन्दर्य और साज-सज्जा को देखते हुए इन्द्र की 'अमरावती' के टक्कर में उसे कुछ लोग 'द्वारावती' या 'द्वारवती' भी पुकारते थे।

उसके महाराज हुए उग्रसेन और युवराज हुए बलराम।

कृष्ण को 'द्वारकाधीश' कहा जाता था–इन सबसे अलग और ऊपर।

इनके महल द्वारका के पश्चिमी तट की सबसे ऊँची पहाड़ी पर थे और इनके रनिवास द्वारका से सटे शुद्धोद्वार द्वीप पर।

द्वारका में अठारह कुलों के अठारह मोहल्ले। वृष्णि, अन्धक, भोज, सात्वत, यदु, तुर्वसु, चेदि, कुकुर, द्विमिढ, कौशिक, शैनेय, महाभोज, बहुम, मधु, आभीर, राष्ट्रिक, दाशार्ह। इन्हीं कुलों में लकड़ी का काम करने वाले बढ़ई, लोहे का काम करने वाले लुहार, माटी का काम करने वाले कुम्हार, भेड़-बकरी चराने वाले गड़रिये, किसान, नाई-धोबी, वणिक–सब थे और सभी गर्व से अपने को यादव बोलते थे। और बोलते ही नहीं थे, थे भी। पेशे और व्यवसाय का उनके सम्बन्धों

और व्यवहार पर कोई फर्क नहीं पड़ा था। हाँ, ज्ञान, संस्कार और कर्मकांड करने-कराने वाले ब्राह्मणों के मुहल्ले अलग थे और वे यादव-कुलों के साथ आए थे। सबकी अपनी-अपनी गोशालाएँ थीं, अपनी गोचरभूमि, अपने गुरुकुल।

उन्हें शुरू-शुरू में तो बहुत याद आते थे—मथुरा, नन्दगाँव, बरसाने, वृन्दावन, गोकुल, लेकिन धीरे-धीरे अपनी उन्हीं ब्रज की संस्कृतियों के साथ वे द्वीप की मिट्टी में रच-बस गए।

कृष्ण के लिए द्वारका माने—सपना। उन्होंने आर्यावर्त में नरेश देखे थे, राज्य देखे थे, प्रजाएँ देखी थीं, नरेशों के राक्षसों जैसे आततायी, क्रूर और लुटेरे गुंडे देखे थे, उनका अत्याचार देखा था, प्रजाओं की दरिद्रता और उनके भीतर समाया आतंक देखा था। उन्होंने नन्दगाँव रहते हुए यह सब देखा ही नहीं, भोगा भी था। विवाह के बाद से ही उनके माँ-बाप ने सारा जीवन कारावास में बिताया था। वे खुद वहीं पैदा हुए थे।

वे द्वारका के लिए ऐसा राज्य नहीं चाहते थे। वे चाहते थे ऐसा गणराज्य, जिसमें सारे कुल मिलकर रहें, सब समान रूप से सम्पन्न और सुखी रहें, ऊँच-नीच, छोटे-बड़े की भावना न रहे, सब समान सुविधाएँ भोगें, सब निर्भय और निःशंक विचरण करें।

यह तभी सम्भव है, जब गणप्रमुख और कुल के मुखिया मिलकर शासन की नीति बनाएँ और जो भी निर्णय करें, महाराज और युवराज उसे लागू करें।

ऐसा गणराज्य कृष्ण के लिए चुनौती था। इसलिए कि उन्हें थोड़ा-बहुत पता था कि यादव-कुलों के बीच कैसी-कैसी और किन-किन बातों को लेकर खींचातानी रही है। उनके व्यक्तित्व के सम्मोहन में वे सारी चीजें भुला दी गई हैं, लेकिन वे खत्म नहीं हुई हैं। कृष्ण ने अपने व्यवहार और अपनेपन से उन्हें मिटाने की कोशिश भी की। उनमें मेल-जोल और संघात करके एक-दूसरे के प्रति विश्वास पैदा किया।

इसी तरह सेनापति अनाधृष्ट और अमात्य विपृथु और अक्रूर जैसे यादव भी थे, जिन्होंने कंस के शासनकाल में निरंकुश होकर सत्ता-सुख भोगा था। वे जानते थे कि गणराज्य में वह नहीं मिलने वाला। कृष्ण ने उन्हें इन्हीं पदों पर रखा और इतना सम्मान दिया कि उनके मन में किसी तरह का मलाल न रहे।

मथुरा में रहते हुए कृष्ण ने किसी आचार्य के मुख से एक बात सुनी थी, जिसे वे भूल नहीं सके थे। आचार्य ने अच्छे राजा के लक्षण बताते हुए यह भी कहा था कि जो राजा नाई होकर जंगल में घूमे और ग्वाला होकर गाँव में घुसा रहे—वे दोनों निकम्मे हैं। कृष्ण को लगा कि 'ग्वाला' वाली बात उन्हीं की ओर इशारा करके कही गई है। उन्हें यह सिद्ध कर देना था कि गाँव में घुसने का अर्थ है—लोक में घुसना, लोक को जानना, उसकी जरूरतों, उसकी इच्छाओं-आकांक्षाओं से परिचित होना। जो राजा लोक को नहीं जानता, वह अपने राज्य को नहीं जानता!

लोक को—उसके महत्त्व को न जानने का ही परिणाम था कि भारत के किसी नरेश का असुरों-राक्षसों के अत्याचार की ओर ध्यान नहीं गया। इसके उलट वे कभी-कभी अपने शत्रु के विरुद्ध उनका उपयोग करते थे। कृष्ण ने द्वारका में स्थिर होने के बाद से ही ऐसे क्रूर, अहंकारी, बर्बर दानवों के सफाए का लक्ष्य जैसे निर्धारित कर लिया और इसके लिए वे आर्यावर्त के दूसरे छोर प्राग्ज्योतिषपुर (असम) तक गए। उनके इस लोकहित के काम ने द्वारका को वैभवशाली बनाया, प्रतिष्ठा दिलाई और उन्हें 'ईश्वर' की गरिमा दी। ऐसी गरिमा कि आर्यावर्त के जिस यज्ञ या स्वयंवर या सभा में कृष्ण न हों, वह जैसे हुआ ही नहीं।

अर्जुन और दुर्योधन अपनी समूची तैयारियों के बावजूद यों ही नहीं आए थे कृष्ण के पास। वे जानते थे कि उनके सहयोग और आशीर्वाद के बिना कुछ नहीं हो सकता। कृष्ण ने दोनों को आश्वस्त किया था और वे सन्तुष्ट होकर गए थे।

और कुछ ही दिनों बाद कृष्ण भी गए थे कुरुक्षेत्र अपनी सेना के साथ और लगभग बीस दिनों बाद लौटे थे द्वारका—थककर चूर-चूर।

॥दो॥

कृष्ण सोए हुए हैं
चन्दन का पलंग, मखमली गद्दा, सेमल का रेशमी तकिया
छाती पर पड़ा हुआ मोतियों और हीरों का हार
कमर में चौड़े सुनहरे किनारों वाली पीली धोती
बदन पर अधढँकी नीली चादर
कृष्ण सोए नहीं, लेटे हुए हैं
खिड़कियों से आती हुई ठंडी बयार से
शीशम की मेज पर रखे स्वर्णमुकुट में लगा मोरपंख
झूम रहा है हल्के-हल्के
वैजयन्तीमाला की पँखुड़ियों के साथ
कृष्ण लेटे हुए हैं और देख रहे हैं।

जब वे द्वारका में होते हैं तो समुद्र को पता होता है
और वह उनके कमरे में ऐसी शीतल मन्द बयार भेजता है
चँवर डुलाने जैसी
कि कृष्ण को तुरन्त नींद आ जाए
और अबकी तो वे महीनों की नींद की तड़प के साथ लौटे हैं
मगर क्या कीजे, न आँखों में नींद, न दिल में चैन!

उनकी आँखों के आगे बार-बार 'शुद्धाक्ष द्वार' के सामने
फैला रेतीला मैदान आ रहा है जो द्वारकावासियों से ठसाठस भरा था
जिसमें बूढ़े अपने बेटों का इन्तजार कर रहे थे
बच्चे-बच्चियाँ अपने पिताओं का
ग्वालिनें अपने पतियों का
और ग्वाले—जिन्हें चरागाहों में होना चाहिए था—अपने भाइयों का।
गौवें गोशालाओं में बँधी-बँधी रंभा रही थीं
जिन्हें कृष्ण के कान नहीं सुन रहे थे।

वे खाना-पीना छोड़े हुए
या अधिक से अधिक गमछे में कलेवा बाँधे हुए
तीन-चार दिन से तट पर हैं समुद्र के किनारे
उनसे कौन कहे कि जो अब तक नहीं आए,
वे अब कभी नहीं आएँगे!
वे लापता नहीं हैं या भूले-भटके नहीं हैं
कि आज नहीं तो कल, परसों आ जाएँगे
जो नहीं आए सो नहीं आएँगे अब!

कृष्ण अपने को बहुत बड़ा रणनीतिज्ञ समझते थे
युद्धनीति के ज्ञाता
और थे भी
विकराल से विकराल राक्षस का, भयानक से भयानक असुर का
बड़े से बड़े नरेश का, निपुण से निपुण धनुर्धर का,
बलशाली गदाधारी का
वध या संहार कैसे किया जाए
उनसे बेहतर कोई नहीं जानता था।
किस व्यूह-रचना को कैसे छिन्न-भिन्न किया जाए
किस अभेद्य मोर्चे को पलक झपकते ढहा दिया जाए
इस कला में उनसे प्रवीण कोई नहीं था
इसे साबित कर दिया था महाभारत ने।

कुरुक्षेत्र के अठारह दिनों के महाभारत में
सात अक्षौहिणी पांडव सेना और
ग्यारह अक्षौहिणी कौरव सेना
के बीच अकेले वे शख्स थे, जो निहत्थे थे
न कन्धे पर शार्ङ्ग धनुष
न हाथ में कौमोदकी गदा
न फेंटे में नन्दक खड्ग
न तर्जनी पर सुदर्शन चक्र
न अपना गरुड़ध्वज रथ
न सारथी दारुक

था तो सिर्फ एक बाजा जिसे 'पांचजन्य' कहते हैं।
एकदम निहत्थे
और उनके बाएँ से, दाएँ से, आगे से, पीछे से, ऊपर से, नीचे से
वारुणास्त्र, वायवास्त्र, आग्नेयास्त्र, पर्जन्यास्त्र, नारायणास्त्र, ब्रह्मास्त्र
आ-जा रहे हैं
तोमर, खड्ग, गदा, भल्ल, मूसल, परिघ, चक्र, बाण
चलाए जा रहे हैं, भाँजे जा रहे हैं, फेंके जा रहे हैं
और वे थे कि अविचल, अविकल, निर्भय।
इन सबके उत्तर में अगर उनके पास थी कुछ
तो ओठों पर सिर्फ मुसकान की नन्ही-सी थिरकन।

ऐसे तो यह मुसकान सतरंगी थी
लेकिन कुरुक्षेत्र में उसका सिर्फ एक ही मतलब था
आत्मविश्वस्त उपहास
कि देखो,
आर्यावर्त या कि भारत के क्षत्रिय नरेशो,
धनुर्धरो, गदाधारियो, योद्धाओ!
तुमने यहाँ से हजारों योजन दूर दक्षिण-पश्चिम के समुद्र-तट पर
पानी से घिरे जिस द्वारका को
अदना और हाशिए पर पड़ा हुआ द्वीप समझ रखा था
और उसके द्वारकाधीश को ग्वाला और चरवाहा
आज उसे देखो—उसे देखो
और अपनी हैसियत देखो।
बता दिया था गोशाला में गौवों के थन को पेन्हाते हुए
और दूध दुहते हुए
और युद्ध-शिविर में घोड़ों की पीठ पर खरहरा करते हुए
कि आर्यावर्त की मुख्यधारा हस्तिनापुर से नहीं
द्वारका से निकलती है।

मैंने कंस-वध के लिए गोकुल छोड़ा
सोचा अब मथुरा में रहेंगे चैन से उग्रसेन के राज्य में
लेकिन जरासन्ध ने आक्रमण किया

एक-दो-तीन नहीं, सत्रह बार
किसी क्षत्रिय नरेश ने हमारी सहायता की जरूरत नहीं समझी
हम लड़ते-भिड़ते रहे, मरते-कटते रहे, उजड़ते-बसते रहे
हमारे बगल में ही हस्तिनापुर था
एक बार भी झाँकने की कोशिश नहीं की कि हम बचे भी हैं या नहीं
जबकि सबको पता था कि मगध के बन्दीगृह में चौरासी नरेश हैं
जिनकी नरबलि दी जानी है, उन्हीं में एक सिर
कृष्ण का भी चाहिए जरासन्ध को
पता नहीं, यह जरासन्ध का आतंक था या जातिबोध
एक भी नरेश नहीं आया मथुरा।
अन्ततः मुझे मथुरा छोड़ना पड़ा
वृष्णि, अन्धक, भोज, सात्वत, यदु, तुर्वसु, चेदि, कुकुर,
कौशिक, शैनेय, आभीर आदि
यादवों के अठारह कुलों के साथ उन्हें जरासन्ध से बचाने के लिए
हम आए सिन्धुराज की कुशस्थली, जहाँ
आसपास यादव-बहुल राज्य थे।
हमने द्वारका बसाई और वह लोक-परम्पराएँ शुरू कीं
जो गोकुल की थीं
न सही यमुना समुद्र तो था
न सही तमाल और करील के कुंज
ताड़, खजूर, नारियल और दूसरे पेड़-पौधे और झाड़-झंखाड़ तो थे।
थोड़े ही दिनों में हम एक बन्द मुट्ठी की तरह पाए गए
बँधी हुई, कसी हुई, तनी हुई।

2

यहीं कृष्ण को ब्राह्मणों को तीज-त्योहारों पर
दान-दक्षिणा देते समय एक नया अनुभव हुआ
कि ये जिसकी दान-दक्षिणा और सेवा-सत्कार से प्रसन्न हों
उसे नारायण बना दें और जिससे असन्तुष्ट हों
उसे असुर और राक्षस
और एक जगह कहीं टिककर नहीं रहते

कभी इस नदी, कभी उस नदी, कभी इस पर्वत, कभी उस पर्वत
कभी इस राज्य, कभी उस राज्य
ये निरन्तर तीर्थाटन और भ्रमण करते रहते हैं और
जिससे प्रसन्न रहते हैं उसका हर जगह गुण गाते जाते हैं।
इसी सन्दर्भ में उन्हें याद आए अपने गुरु संदीपन
जिनके बेटे का पंचजन ने अपहरण कर लिया था
जंगलों-पर्वतों में ऐसे तमाम गुरुकुल, आश्रम, तपोभूमि, गिरि-गह्वर
पड़े हुए हैं जहाँ ब्राह्मण ही नहीं, ऋषि, मुनि, तपस्वी बाधाएँ
झेल रहे हैं, लुट रहे हैं—कहें तो किससे कहें!
ऐसे हिंसक क्रूर लुटेरों और डकैतों और रहजनों के पास
कोई संगठित सेना भी नहीं थी, अगर थी तो उस कबीले
के लुच्चे-लफंगे शोहदों की टोली।
क्षत्रियों के लफड़ों में दिमाग खपाने से ज्यादा बड़ा
और यशवर्धक काम था उनका संहार करना। उसमें
धन-जन की भी कोई हानि नहीं थी। साथ ही तपस्वियों-ऋषियों
की पहुँच दान-दक्षिणा वाले ब्राह्मणों की तुलना में कहीं
ज्यादा ऊपर तक थी।

जो यादव धनाढ्य और बलशाली होने के बावजूद स्वभाव से लंठ, हेकड़, झगड़ालू, उग्र और बात-बात में लाठी तान देने वाले और अपनी ही ऐंठ में मस्त रहने वाले माने जाते थे, कृष्ण ने उनकी अनुशासित और अजेय सेना तैयार की। फिर उनमें से चुनिन्दा सैनिकों को लेकर निकल पड़े अभियान पर।

द्वारका में रहते हुए यही किया—ऋषियों-मुनियों-तपस्वियों के जय-जयकार के बीच असुरों और राक्षसों का संहार। जहाँ से भी—जंगल, घाटी, गुफा, पर्वत—जहाँ से भी उन्हें अत्याचार की खबर लगती, चल देते। इस अभियान में सबसे विकट युद्ध हुआ प्राग्ज्योतिषपुर में नरकासुर से जहाँ से उन्होंने सोलह हजार युवतियों को मुक्त कराया।

इन अभियानों से उन्हें दो लाभ हुए—

एक तो उन्होंने युद्ध के नए-नए कौशल सीखे। लड़ाई की तरह-तरह की

विधियाँ जानीं! शत्रु से बचने की भी, शत्रु को खत्म करने की भी।

दूसरे, 'अवतारी पुरुष' के रूप में उनकी चर्चा होने लगी और प्रभास क्षेत्र, शंखोद्धार और रैवतक में ऋषि-मुनि जुटने लगे, यज्ञ और हवन करने लगे और उनकी स्तुति में वैदिक मन्त्रों का पाठ शुरू कर दिया।

कृष्ण ने अपने इस 'ऐश्वर्य' की पुष्टि युधिष्ठिर के राजसूय यज्ञ में की–शिशुपाल का वध करके। पांचाल, मत्स्य, वत्स, कोसल, विदेह, अवन्ती, शूरसेन, सिन्धु, सौवीर, काम्बोज, कश्मीर, कौशिक, कामरूप, किरात, कुन्तिभोज, अश्यक, आनर्त–यानि भारत के सभी राज्यों के नरेशों की आँखों के सामने। जब उनके सुदर्शन मन्त्र के पाठ के साथ ही बादलों की कर्णभेदी गड़गड़ाहट शुरू हुई, बिजली तड़तड़ाई, कौंधी और बारह आरों वाला मंडलाकार वज्रनाभ दीप्तिमान तेजयन्त्र उनकी तर्जनी पर प्रकट हुआ। राजे या तो मूर्च्छित हो गए थे या उनकी आँखों के आगे अँधेरा छा गया था उस दौरान। जब उन्होंने आँखें खोलीं तो शिशुपाल के सिर को धड़ से अलग देखा।

ऐसा चमत्कार किसी ने इससे पहले न देखा था, न सुना था।

इसके पहले वे जरासन्ध का वध कर चुके थे अपनी रणनीतिक चतुराई से। किया नहीं था बल्कि कराया था भीम से। उसी के महल में घुसकर। उसके अतिथि बनकर। ब्राह्मण के वेश में मृगछाला, जनेऊ पहनकर, हाथ में दर्भ-पत्र लिये हुए। तेरह दिनों तक जरासन्ध का मल्लयुद्ध हुआ था भीम के साथ। मारा गया चौदहवें दिन। वह भी कृष्ण की चतुराई से। वह अजेय ही नहीं, अमर्त्य समझा जाता था।

लेकिन वह किसी ने देखा नहीं था, सिर्फ सुना था।

यह शिशुपाल-वध साक्षात् देखा अपनी आँखों।

3

महीने भर हो रहे हैं और कृष्ण को नींद नहीं आ रही है
वे योगी हैं
जब चाहे सो सकते हैं, जब चाहे जग सकते हैं
सोए-सोए जग सकते हैं और जगे-जगे सो सकते हैं

लेकिन उन्हें नींद नहीं आ रही है
उन्हें सुख-दुख में समान होना चाहिए
जय-पराजय में एक जैसा भाव रखना चाहिए
लेकिन ऐसा नहीं हो पा रहा है।

द्वारका में रहते हुए
कभी व्यतिक्रम नहीं हुआ था कृष्ण के नियम में
रात आठ बजे सोना, सुबह चार बजे उठना
लेकिन इधर भोजन के बाद
रात दस बजे निकल पड़ते हैं महल से बाहर
और परिसर में टहलते हुए आ बैठते हैं
कदम्ब की डाल से बँधे
झूले के तख्त पर
और बैठे रह जाते हैं कभी-कभी रात भर।

अभी-अभी गुप्तचर, जो समाचार दे गया है
उसमें कुछ भी नया नहीं जुड़ा है रोज की तरह
कि द्वारकावासियों में उन्हें लेकर रोष है
अब भी रोना सुनाई पड़ जाता है हर तीसरे घर में
अब भी कइयों के घर खाना नहीं पक रहा है
अब भी कई परिवार कह रहे हैं कि उनके साथ धोखा हुआ है
उन्हें न गोकुल छोड़ना चाहिए था न मथुरा
अब लौटें भी तो किस मुँह से?
क्या पता कि हमें उजाड़कर उन्हें 'भगवान्' बनना था?
उनके तो अस्सी के अस्सियों बेटे संड-मुसंड घूम रहे हैं
छुट्टा साँड़ की तरह
और हमारे तो दो ही थे, कहाँ से लाएँ उन्हें?
उन्हें लेकर क्यों नहीं गए लड़ाई पर?
क्यों छोड़ दिया द्वारका में घर अगोरने के लिए?

आज पूनम की रात थी
संगमरमर का महल दूध में नहाया हुआ लग रहा था
और पीछे समुद्र जाने किस खुशी में बेतहाशा उछल रहा था

उसकी फुहारें किनारे खड़े ताड़ के पत्तों पर पड़ रही थीं
और वे बज रही थीं जलतरंग की तरह
यह पूनम की रात थी—एक खास रात
द्वारकावासियों की रासलीला की रात
यह मासिक पर्व था द्वारका का जब सभी कुलों के यादव
'शुद्धाक्ष द्वार' के तट पर समुद्र के किनारे जुटते थे और
रात भर नाचते-गाते-कलाबाजियाँ दिखाते थे
एक तरफ वारुणी से भरे मटके रहते थे
और दूसरी तरफ तरह-तरह के पकवान
यह व्यवस्था राजकीय कोष से होती थी,
वे, बलराम, उद्धव, सात्यकि, सत्राजित, अक्रूर,
अनाधृष्ट, कृतवर्मा—कौन नहीं पीता था
और नाचता था उस रात!
आज वही पूनम की रात है और वे अकेले झूले पर बैठे हैं
और द्वारका का पता नहीं।

वे हफ्ते भर से मिलना चाह रहे हैं बलराम से
और वे हर बार कहला देते हैं
कि अभी वे रैवतक में हैं अपनी ससुराल
जब द्वारका आएँगे तब खबर देंगे
जबकि वे परसों ही अपनी छत पर धूप सेंकते नजर आए थे।
कृष्ण मुसकराए—नहीं बदलेंगे दाऊ!

लेकिन यह पहला अवसर है जब उनका गुस्सा इतना समय ले रहा है ठंडा होने में। संयोग ही ऐसा था कि द्वारका में इस समय ऐसा कोई नहीं जिससे वे बातें कर सकें। उद्धव बलराम के साथ हिमालय गए थे और वे अभी तक लौटे न थे। सात्यकि साथ आए थे लेकिन एक सम्बन्धी के विवाह में मथुरा चले गए थे। दारुक को उन्होंने छुट्टी दे रखी थी, क्योंकि इस बीच रथ का कोई काम न था। रनिवास दूसरी पहाड़ी पर था। रानियों के आमने-सामने चार-चार महल। साथ में गोशालाएँ। आठ रानियाँ और उनकी अपनी समस्याएँ। उन्हें कहाँ फुर्सत कि कृष्ण की बातें सुनें! और कृष्ण से वे जो सुनना चाहती हैं उसके लिए न कृष्ण की उमर रह गई थी, न फुर्सत।

महल की चारदीवारी के उस पार गोशाला थी कृष्ण की, वहाँ से बार-बार एक गाय के रंभाने की आवाज आ रही थी। कृष्ण उस आवाज को समझ गए। उन्होंने हाँक लगाई—'गालव!'

'हाँ महाराज!' गालव बोला—'इतनी रात को आप महाराज?'

कृष्ण ने इस पर ध्यान न देते हुए पूछा—'यह उजली है क्या?'

'हाँ महाराज!' 'ब्या रही है क्या?'

'हाँ महाराज!'

कृष्ण ने हिदायत दी—'माधव भी है न साथ में?...तो एक काम करना! पुआल और भूसे पर मत गिरने देना बछिया को। ऊपर से हाथों में ही पकड़ लेना। और ध्यान रखना उजली का!'

कृष्ण झूले पर बैठे और गावतकिया के सहारे लेटे-लेटे थक गए। चाँद पहाड़ी के पेड़ों के पीछे छुप गया था, लेकिन उजाला पूरे परिसर में था। उनकी नजर महल के आगे सरोवर के जल पर गई, जो चमक रहा था, जिसमें खिली हुई कुईं अपने नाल के साथ ऐसे दिख रही थी, जैसे बच्चों के नन्हे-नन्हे गुलाबी हाथ हों और इशारे से बुला रहे हों।

वे झूले से उतरे और उधर चल पड़े।

चलते समय उनकी दृष्टि अपने आप द्वारका की सबसे ऊँची पहाड़ी पर गई, जिस पर मुकुट की तरह सुधर्मा जगमग कर रहा था। सुधर्मा यानि सभाभवन, जिसके बारे में प्रवाद था कि कृष्ण के निवेदन पर वायुदेव उसे इन्द्रपुरी से द्वारका लाए थे।

सुधर्मा की वह सभा! उनके कुरुक्षेत्र-अभियान पर निकलने के पहले की वह अन्तिम सभा। वह भी क्या सभा थी!

4

मंच पर उग्रसेन के अतिरिक्त वसुदेव, देवकी, रोहिणी के अगल-बगल अपनी-अपनी पत्नियों के साथ युवराज बलराम और द्वारकाधीश कृष्ण। सामने सेनापति, मंत्रिपरिषद्, सभासद, कुलों के मुखिया। जितनी यादवों की भीड़ सुधर्मा के अन्दर, उससे ज्यादा बाहर। पहली बार द्वारकावासियों ने कृष्ण और बलराम के बीच मतभेद देखे। जर्जर महाराज वसुदेव परेशान। कभी

इस बेटे की ओर देखते, कभी उस बेटे की ओर। फिर असहाय छत को ताकने लगते।

मामले की जानकारी थोड़ी-बहुत सभी यादव-कुलों को थी। यह कि पांडवों की विधवा माँ कुन्ती वसुदेव की बहन हैं, यह पुराना रिश्ता हुआ। नया यह कि बलराम-कृष्ण की बहन सुभद्रा अर्जुन की पत्नी है। उससे भी नया यह कि दुर्योधन की बेटी लक्ष्मणा का ब्याह कृष्ण के बेटे साम्ब से हुआ है और यह रिश्ता बलराम ने कराया है।

यही नहीं, दुर्योधन बलराम का शिष्य रहा है। उन्होंने मिथिला में उसे गदा-विद्या सिखाई है। सिखाई तो भीम को भी उन्होंने लेकिन बाद में। वे भीम के बल और दुर्योधन के कौशल और स्फूर्ति के प्रशंसक हैं। उनका लगाव दुर्योधन से अधिक है। कृष्ण की निकटता अर्जुन और भीम से है। उन्होंने द्रौपदी-स्वयंवर में अर्जुन की धनुर्विद्या का चमत्कार देखा था। उन्हीं के सुझाव पर अर्जुन ने वनवास और अज्ञातवास के दौरान तमाम तरह के अस्त्र-शस्त्र जुटाए और राजनीतिक विवाह किए। यही नहीं, अभी-अभी दुर्योधन और अर्जुन कृष्ण से भेंट कर गए हैं। यह भेंट किस बात के लिए थी और उसमें क्या हुआ—यह किसी को नहीं पता। इसका पता इसी सभा में चलेगा।

सभा में सबके चेहरे पर तनाव था। सब गम्भीर थे। कोई किसी से नहीं बोल रहा था।

शुरू किया कृष्ण ने—

'बन्धुओ! आर्यावर्त में—भारत में 'महायुद्ध' छिड़ने जा रहा है। यह अटल है अब। टाला नहीं जा सकता इसे। कौरव और पांडव दोनों मन बना चुके हैं—इस पार या उस पार। भारत का कोई ऐसा गणराज्य नहीं, नरेश नहीं, जो अपनी चतुरंगिणी सेना के साथ इस या उस पक्ष में न हो। इसलिए आप चाहें तो इसे 'महाभारत' भी कह सकते हैं।

'आप जानते हैं कि युद्ध क्यों हो रहा है? कुरुकुल में पांडु-पुत्र युधिष्ठिर सबसे बड़े हैं, ज्येष्ठ हैं। परम्परा के अनुसार हस्तिनापुर के सिंहासन के उत्तराधिकारी। लेकिन धृतराष्ट्र पुत्रमोह से ग्रस्त हैं। दुर्योधन कुसंगति में है। वह युधिष्ठिर को ही नहीं, सभी पाँचों पांडवों को मारने का षड्यन्त्र रचता रहा है किसी न किसी बहाने। पहले उसने उन्हें वारणावत भेजा,

लाक्षागृह बनवाया, आग लगवाई, लेकिन पांडव बच गए। बहुत समझाने-बुझाने पर वह आधा राज्य देने के लिए तैयार हुआ और दिया भी। आधा के नाम पर जंगल-बियाबान। पांडवों ने बड़ी मेहनत से वहाँ इन्द्रप्रस्थ बसाया–हस्तिनापुर से सुन्दर। जुआ खेलने के नाम पर दुर्योधन ने वह भी ले लिया और उन्हें भेज दिया तेरह वर्ष के वनवास और एक साल के अज्ञातवास पर। जिन्हें हस्तिनापुर का महाराजा होना था और सुख-ऐश्वर्य की जिन्दगी बितानी थी, उन्हें जंगलों, पहाड़ियों में पत्नी के साथ मारा-मारा भटकना पड़ा–भूखे-प्यासे। कभी कन्दमूल, कभी वह भी नहीं। पत्नी की अलग समस्या। उसे अपहरण से छुड़ाया, बलात्कार से बचाया। घरों में खुद नौकर-चाकर के रूप में काम करके दिन काटे। कितनी मुसीबतें झेलीं, कितने संघर्ष किए, कितने दुख उठाए–सोच सकते हैं आप! दुर्योधन ने सोचा था कि वे उधर ही मर-खप जाएँगे, किस्सा खतम हो जाएगा लेकिन नहीं। वे लौटकर फिर आए और कहा–भैया दुर्योधन, हमें राज्य नहीं चाहिए। हम पाँच भाई हैं, बस हमें पाँच गाँव दे दो, हम अपने दिन काट लेंगे। लेकिन दुर्योधन ने कहा–पाँच गाँव क्या, हम तुम्हें एक धुर जमीन नहीं देंगे। सुई की नोक के बराबर भी।

'ऐसी स्थिति में युद्ध के सिवा और क्या विकल्प रह गया है?'

कृष्ण बोलकर चुप हो गए और सभा की प्रतिक्रिया का इन्तजार करने लगे।

बलराम ने बैठे-बैठे ही कहा–'किशन, जाने क्यों मुझे लग रहा है कि अगर तुमने हृदय से चाहा होता, तो यह टल सकता था! दोनों सम्मान करते हैं तुम्हारा।'

'नहीं दाऊ, मैंने कुछ उठा नहीं रखा अपनी तरफ से। यहाँ तक कि मैंने वह भी किया, जो मुझे नहीं करना चाहिए था। मुझे पता था कि दुर्योधन को सबसे ज्यादा भरोसा कर्ण पर है। अगर उसे कौरवों से अलग कर दिया जाए, तो दुर्योधन का मनोबल टूट जाएगा। मैंने कर्ण को अपने साथ लिया और समझाया कि तुम सूत-पुत्र नहीं हो, अधिरथ और राधा ने केवल पाल-पोसकर बड़ा किया है। तुम कुन्ती बुआ के बेटे हो। पांडवों में ज्येष्ठ। अगर तुम उनके साथ हो जाओ, तो राजसिंहासन तुम्हें मिलेगा और साथ में द्रौपदी भी, जिसने

तुम्हें अपमानित किया था, लेकिन वह नहीं डिगा। अब इससे ज्यादा मैं क्या कर सकता था?'

बलराम ने यह सुनने के बाद कृष्ण को समझाने की नीयत से कहा–'देखो किशन, यह पांडवों-कौरवों का पारिवारिक मामला है। घरेलू मामला। इसमें हमें पड़ने की जरूरत नहीं।'

'नहीं दाऊ, यह उनका घरेलू मामला नहीं है। यह वस्तुतः धर्म–अधर्म का, न्याय-अन्याय का, सत्-असत् का, प्रकाश-अन्धकार का, ईमानदारी-बेईमानी का मामला है। इतिहास-काल कल हमसे, आपसे, द्वारका से पूछेगा कि जब आर्यावर्त में युद्ध हो रहा था, मार-काट मची थी, आग लगी थी, तब आप कहाँ थे? द्वारका किधर थी? नहीं पूछेगा? और तब क्या जवाब देंगे आप?'

बलराम हँसे–'किसी भी बात से सिद्धान्त गढ़ लेना पुरानी आदत है तुम्हारी। हमारा कहना सिर्फ इतना था कि हम यहाँ, वे वहाँ, वे आज तक हमारे सुख-दुख में किसी काम भी नहीं आए। फिर क्यों पड़ें हम उनके झमेले में?'

'क्या बात कर रहे हैं दाऊ? भूल गए क्या? जरासन्ध को किसने मारा? क्यों मारा? राजसूय यज्ञ के लिए? नहीं! वह बहाना था। उसे मैंने मरवाया भीम से अपने और आपके लिए नहीं, द्वारका के लिए ताकि द्वारका हमेशा के लिए निश्चिन्त हो जाए। यह एक ऋण है मुझ पर, जिसे मैं चुकाना चाहता हूँ।'

'ठीक है, चुकाओ, मैं नहीं बोलता, लेकिन यह बताओ कि तुमने दुर्योधन और अर्जुन से क्या कहा? सुना कि सहायता के लिए दोनों एक ही साथ, एक ही समय पहुँचे थे तुम्हारे पास?'

अब तक ये बातें बैठे-बैठे हो रही थीं दोनों भाइयों के बीच। सौहार्द के साथ। थोड़ी ऊँची आवाज में जिन्हें कुछ लोग सुन पा रहे थे, कुछ नहीं। लेकिन अब कृष्ण खड़े हो गए–वही सिर पर मोरपंखी स्वर्णमुकुट, कन्धे पर झूलता पीला रेशमी उत्तरीय, नीले मुखमंडल पर वही चिरपरिचित मुस्कान। वे ऊँचे स्वर में बोले, ताकि सब सुन सकें–'हाँ, मेरे पास दुर्योधन भी आया था और अर्जुन भी। सहायता की याचना के साथ। मेरे मुँह से निकला–देखो, एक तरफ मैं

रहूँगा बिना अस्त्र-शस्त्र के, दूसरी तरफ मेरी एक अक्षौहिणी सेना। इनमें से जिसे जो चुनना है, चुन लो और अर्जुन ने...'

कृष्ण अपनी बात पूरी करते, इससे पहले ही 'अरे!' की चीख के साथ बलराम खड़े हो गए। वे मारे क्रोध के थर-थर काँप रहे थे। उनकी आँखें क्रोध से लाल थीं और बाएँ-दाएँ ऐसे देख रही थीं, जैसे गदा (सौनन्द) ढूँढ़ रही हों– 'अरे, पागल हो गया है क्या तू? दिमाग ठिकाने है कि नहीं? आज तक कभी सुना है कि सेना एक पक्ष में हो और सेनापति उसी के विरुद्ध दूसरे पक्ष में? कभी हुआ है ऐसा?'

कृष्ण मुसकराते हुए सिर नीचा किए वैसे ही खड़े रहे।

बलराम थोड़ी देर रुके, फिर संयत होने की कोशिश करते हुए वसुदेव से बोले–'महाराज, समझाइए इसे। सेना दान-दक्षिणा में दी जाने वाली इसकी निजी सम्पत्ति नहीं है। सेना तब के लिए होती है, जब कोई राष्ट्रीय आपदा हो, सीमा पर संकट हो, द्वारका में प्राकृतिक दुर्घटना हो!'

बैठते हुए उन्होंने मुकुट उतारकर अपना सिर हथेलियों में पकड़ा और रुँधे स्वर में कृष्ण की ओर देखते हुए बोले–'किशन! तूने लगभग वही गलती की है, जो युधिष्ठिर ने जुए में की थी! उस आदमी ने चाहे जो कुछ दाँव पर लगाया होता, इन्द्रप्रस्थ को तो बख्श दिया होता!'

कृष्ण ने जैसे ही उनसे कुछ कहना चाहा, उन्होंने मना करते हुए कहा– 'नहीं। बस। तुम्हें जो करना है करो। मैं कल से यात्रा पर जा रहा हूँ हिमालय। अब मैं नहीं रुक सकता यहाँ।'

सुधर्मा में हंगामा छिड़ा हुआ था। हर आदमी चीख-चिल्ला रहा था। सब बोलना चाहते थे। कोई किसी की नहीं सुन रहा था। अन्दर की देखा-देखी बाहर भी शोर हो रहा था और मंच तक सुनाई पड़ रहा था।

सभा की बातों को सुनते हुए कृष्ण ने नतीजा निकाला कि उनके तीन मुख्य प्रश्न हैं–

1. आप अकेले द्वारका नहीं हैं। कोई भी निर्णय करने से पहले आपको हमसे, द्वारकावासियों से राय-बात करनी चाहिए थी, सलाह लेनी चाहिए थी।
2. आपने कैसे समझ लिया कि आप धर्म, न्याय, ईमानदारी के पक्ष में हैं और हम अधर्म, अन्याय और बेईमानी के पक्षधर हैं।

3. आपका निर्णय दुविधा का निर्णय है। इससे यह पता चलता है कि आप दोनों में से किसी पक्ष को असन्तुष्ट नहीं रखना चाहते। इससे यह भी सिद्ध होता है कि आप जितना धर्म और न्याय के साथ हैं, उससे कहीं ज्यादा अधर्म और अन्याय के साथ।

कृष्ण इन प्रश्नों का उत्तर दें, इसके पहले ही वातावरण को गरम होते देखकर युवराज ने सभा बर्खास्त कर दी और बिना किसी से कुछ कहे उठकर बाहर निकल आए।

5

आशंका थी कि नारायणी-सेना या तो विद्रोह कर देगी
या कृष्ण के आदेश की अवहेलना
लेकिन महाभारत के पहले ही दिन कौरव-सेना के बीच
शिरस्त्राण, कवच और गोपवेश में यादव योद्धाओं को देखकर
कृष्ण की खुशी का ठिकाना नहीं रहा।
ये वे योद्धा थे जो हर युद्ध में उनके साथ थे
और जब भी द्वारका लौटे, विजयश्री के साथ ही लौटे।

महायुद्ध का तीसरा दिन भयानक था
यही वह दिन था जब दुर्योधन ने पितामह से शिकायत की थी कि
'आप पांडवों पर दया दिखा रहे हैं'
और जब पितामह ने पांडव-सेना का संहार शुरू किया
और उनमें भगदड़ मच गई तो उसे रोकने के लिए
कृष्ण ने सुदर्शन चक्र का आवाहन किया था और
अर्जुन ने दस हजार कौरव-पक्ष के सैनिक मारे थे

इसी दिन कृष्ण ने दुर्योधन की कुटिल चतुराई देखी
और इस दिन के बाद से पन्द्रहवें दिन तक
जिस मोर्चे पर गांडीवधारी अर्जुन के साथ
नन्दिघोष रथ पर सवार वे दिखाई पड़ते थे
कौरवों की ओर से उनके सामने नारायणी-सेना के योद्धा होते थे

धनुष-बाण, मूसल, गदा, भल्ल और बर्छे के साथ
युद्धभूमि में अर्जुन के सामने पड़ने का क्या मतलब है
यह कृष्ण भी जानते थे और यादव वीर भी।
असहाय कृष्ण उन्हें धराशायी होते और मरते देखते रहते!

हाँ, उस दिन का युद्ध खत्म होने पर जो वे कर सकते थे
करते रहे,
वे युद्धभूमि से अपने शिविर में लौटते, कपड़े बदलते
और पहचान छिपाकर
दारुक, सात्यकि, नचिकेता, कृतवर्मा और अन्य योद्धाओं के साथ
मशालें लेकर रात भर
लाश के ढेरों के बीच दूसरे परिजनों की तरह
वीरगति पाए यादव वीरों को ढूँढ़ते रहते और
या तो उनकी चिताएँ सजाते
या घायलों को घायलों के शिविर में भिजवाते।

इस बात को उनसे ज्यादा सही तरीके से कौन समझ सकता था कि
मार भी वही रहे हैं और मर भी वही रहे हैं।
लेकिन घायलों को चिकित्सा-शिविर में भेजते समय
उनकी आँखें देखकर
कृष्ण को इस बात का अहसास जरूर हो रहा था कि
द्वारका जो एक बन्द मुट्ठी की तरह थी
बँधी हुई, कसी हुई, तनी हुई
अब खुल गई है और उँगलियाँ अलग-अलग दिखाई पड़ने लगी हैं।

यह जानते हुए कि कहना ठीक नहीं है
नतीजा कुछ भी नहीं निकलने वाला, फिर भी
कृष्ण से रहा नहीं गया, उन्होंने उसी दिन
युद्ध खत्म होने के बाद शाम को कहा—
'पितामह! यह ठीक नहीं हो रहा है।'
भीष्म ने उन्हें आश्चर्य से देखा—'वासुदेव! ठीक तो बहुत कुछ नहीं हो रहा है!'
अव्वल तो तुम्हें कहना नहीं चाहिए था लेकिन कहा है तो सुनो,

अब वह सेना तुम्हारी नहीं, कौरवों की है
किसकी कहाँ जरूरत है?
किसको किस मोर्चे पर लड़ना है?
व्यूह-रचना में कौन कहाँ होगा?
इसका निर्णय कौरव करेंगे तुम नहीं,
और वासुदेव! यह न भूलो कि तुम और नारायणी-सेना एक कुल हो
तो कौरव और पांडव भी एक कुल हैं।
जाओ, रथ पर अर्जुन तुम्हारी प्रतीक्षा कर रहा है।

॥तीन॥

कृष्ण को आश्चर्य हुआ कि
इससे पहले यह बात उनके दिमाग में क्यों नहीं आई थी
कि महल के पीछे ही ऐन्द्रद्वार है जो
सीधे पश्चिमी समुद्र के तट पर खुलता है।

लहरों के थपेड़ों-हलकोरों से भीगी कँकरीली रेत पर चलते हुए
उन्हें लग रहा था कि वह थकान
जो महीनों से उनके सिर में भरी हुई थी
तलवों के रास्ते निकल रही है
रेत के छोटे-बड़े दाने तलवों की हल्के-हल्के मालिश कर रहे हैं
फिर उन्हें याद आया कि यही रेत का मैदान पहले
उन्हें बिछी कालीन जैसा लगता था—नरम और गद्‌देदार।

यह ऐन्द्र तट सिर्फ राजपरिवार के लिए था
जहाँ कभी उनके साथ शाम को रुक्मिणी, सत्यभामा,
जाम्बवती होती थीं
कभी बलराम, उद्धव, सात्यकि या दारुक
(दारुक आज आने वाला था, लेकिन अभी तक नहीं आया था।
अकेला वही था, जिसे आने के लिए उनसे पूछने की जरूरत नहीं थी)
इसी तट पर एक 'श्यामशिला' थी
नाम श्याम था लेकिन सुनहरे रंग के पत्थर की थी
कृष्ण के बैठने के लिए
समुद्र ने उसे अपने हाथों से बनाया था—
उसे काटकर, छीलकर, तराशकर
सोने के सिंहासन की तरह, जब द्वारका बस रही थी

उसके ऊपर एक छत्र था मोरपंखी रंग का
बारिश और धूप से बचने के लिए

टहलते हुए कृष्ण इसी श्यामशिला पर आ बैठे
पीछे ताड़ों-खजूरों की कतार, झुरमुटों में चिड़ियों की चहचह,
पीछे घने जंगल
कृष्ण समुद्र का अनन्त विस्तार देख रहे थे
और देख रहे थे कि यह समुद्र उस दिन वाला समुद्र नहीं है
जिस दिन उसने उनके रथ के लिए कछुओं का पुल बनाया था।
उन्हें उसका व्यवहार बड़ा अटपटा लग रहा था
उसने उनके आगे न कभी इतना शोर मचाया था
न कभी लहरें ऐसे उछाली थीं जैसे उसे आकाश छूना हो।
एक बात और उन्होंने गौर की
कि सूर्य बड़ी देर से समुद्र के अन्तिम छोर पर बैठा हुआ है
जैसे किसी का इन्तजार कर रहा हो!
कि अचानक कड़कड़-तड़तड़ की आवाजों और कौंध के साथ
फैले हुए फेन पर छपाक् से कोई भारी-सी चीज गिरी
और समुद्र हरे-भरे घास के मैदान की तरह
सपाट और समतल खुलता चला गया
कृष्ण चौंककर खड़े हो गए
और उन्होंने उस पर सफेद घोड़ों को
किसी रथ को लिये सरपट भागते या उड़ते हुए देखा
उन्हें पहचानने में भूल नहीं हुई कि
वे मेघपुष्प, बलाहक, शैव्य और सुग्रीव हैं
और रथ है गरुड़ध्वज
जिसके छत्र में जड़े रत्न और पत्थर चमचमा रहे थे
और जिसकी धुरी लपलपाती लपटें और चिनगारियाँ उगल रही थी
यही वह रथ था
जिसे देखते ही असुर और राक्षस थर-थर काँपने लगते थे।
उन्हें यह भी याद आया कि

गरुड़ध्वज उन्हें द्वारका से ले तो गया था
लेकिन कुरुक्षेत्र की सीमा में प्रवेश करने से इनकार कर दिया था
(सीमा पर पहुँचते ही चक्कों का जाम हो जाना इनकार नहीं तो और क्या था?)
और घोड़ों ने जिन आँखों से उन्हें देखा था
उससे कृष्ण में साहस नहीं हुआ कि उनसे जिद करें कि आगे बढ़ो।

द्वारका आने के बाद से ही
कृष्ण से गौवें छूट गई थीं, रह गए थे घोड़े
और घोड़ों से उन्हें कितनी आत्मीयता थी, इसे हर कोई जानता था।
अर्जुन तो मजाक-मजाक में कहा करता था कि
'जनार्दन! आपकी देह से हर समय घोड़े की ही
खुशबू क्यों आती है?'

कृष्ण ने देखा—पीछे दारुक खड़ा है जाने कब से?

'अरे! कब आए तुम?'

'मैं तो देर से खड़ा हूँ भगवन्!'

'बताया क्यों नहीं तुमने?'

'आप किसी ध्यान में डूबे हुए थे। बाधा डालना उचित नहीं समझा!'

कृष्ण ने उसके कन्धे पर हाथ रखते हुए कहा—'दारुक, जरा घुड़साल जाओ। तुम्हारे बिना परेशान थे घोड़े।'

'वहीं से होता हुआ आया हूँ भगवन्! अभी महीना भी नहीं बीता कि घोड़े भूल गए मुझे। पहचान ही नहीं रहे हैं।'

कृष्ण एकटक दारुक को ताकते रहे, फिर आँखें घुमा लीं। वे भर आई थीं।

सूर्यास्त हो गया था, लेकिन तट पर उजाला था।

हवा में सिहरन थी।

समुद्र के दूसरे छोर से धुँधलके की शक्ल में रात उतर रही थी।

बाँस के झुरमुटों से एक हिरन निकला था और कान खड़े करके चौकन्ना उन्हें और दारुक को देख रहा था।

कृष्ण ने कन्धे से पीताम्बर उतारते हुए कहा—'समुद्र में नहाए बहुत दिन हो गए दारुक, आज मन कर रहा है कि नहा भी लूँ और सन्ध्या-वन्दन भी कर लूँ।'

उन्होंने उत्तरीय और कमर में बँधा नीला दुकूल श्यामशिला पर रखा, हीरे-मोती की मालाएँ दारुक को थमाईं और समुद्र की ओर बढ़े।

वे सँभलें, इससे पहले ही समुद्र के तेजी से लपकते थपेड़ों ने धक्के देकर उन्हें गिराया, लौटते हुए अपने अन्दर खींचा और थोड़ी देर बाद किनारे फेंक दिया। वे पहली बार नहीं नहा रहे थे तट पर, समुद्र में तैरने का अभ्यास था उन्हें, लेकिन लगा—या तो उम्र के कारण ऐसा हुआ है या किसी बात से समुद्र नाराज है। अबकी सावधानी से कुछ देर स्नान किया और अँजुरी में जल लेकर अर्घ्य-दान शुरू किया।'

वे लहरों के बीच दृढ़ता से स्थिर खड़े थे।

दारुक पीताम्बर, दुकूल, चन्दनी खड़ाऊँ के साथ उनके करीब ही पीछे खड़ा था। उसने हमेशा उन्हें मुकुट में देखा था। आज पहली बार लम्बे घुँघराले बालों में देख रहा था। उसने ध्यान दिया कि वे बाल अब खिचड़ी हो गए हैं। यही नहीं, जहाँ शिखा होती है, उसके आस-पास बीच में कुछ कम भी हो गए हैं। कन्धे—जिनके लिए 'वृषभस्कन्ध' कहे जाते हैं, उतने ही चौड़े हैं, लेकिन गरदन पर भी पीछे लकीर-सी दिखाई दे रही है। जाँघें और पिंडलियाँ और उनकी मांसपेशियाँ वैसी ही सुगठित और कसी हुई हैं, लेकिन कमर थोड़ी फैल गई है।

कृष्ण की आँखें मुँदी थीं और वे मन्त्र बुदबुदा रहे थे। मन्त्र पाठ करते समय बीच-बीच में उनका दायाँ हाथ उठता था और तर्जनी तन जाती थी। जब कई बार ऐसा हुआ तो उसे आश्चर्य हुआ। वे प्रायः 'सन्ध्या' में ऐसा नहीं करते थे। ऐसा करते हुए उसने एक—केवल एक बार देखा था—शिशुपाल-वध के समय। यह सुदर्शन चक्र के आवाहन की मुद्रा थी। इस

समय उस 'चक्र' के आवाहन की क्या जरूरत आ पड़ी–यह दारुक की समझ से परे था।

युधिष्ठिर के राजसूय यज्ञ से लौटते समय कृष्ण ने दारुक को यह बताया था कि सुदर्शन चक्र ही अस्त्र-शस्त्रों में उनके अवतार होने का प्रमाण है और यह भी कि परशुराम ने उन्हें यह क्यों सौंपा था? क्या कहकर? त्रिपुरासुर को मारने के लिए इसे बनाया था–शिव ने। सहस्र कमल शिव को अर्पित करके उसे हासिल किया था–विष्णु ने। विष्णु ने दिया अग्नि को, अग्नि ने दिया वरुण को और वरुण ने परशुराम को। और भृगुवर परशुराम ने अपना उत्तराधिकारी समझकर कृष्ण को चक्र के आवाहन के मन्त्र की शिक्षा दी थी।

दारुक कंस-वध के बाद मथुरा से ही कृष्ण का सारथी हो गया था। तब से लेकर महाभारत तक उनके साथ रहा था–उनके हर सुख-दुख में, हर युद्ध, वध, संहार में, हर यात्रा में। उनके उठने-बैठने, चलने-फिरने, गरदन घुमाने, पलकें उठाने-गिराने, देखने का मतलब बिना कहे ताड़ लेता था वह। जितना अधिक वह कृष्ण को समझता था, उतना अधिक दूसरा कोई नहीं। बलराम और उद्धव भी नहीं।

इतनी देर तक 'सन्ध्या-वन्दन' कभी नहीं करते थे कृष्ण। देह की भंगिमा, स्वरों के आरोह-अवरोह, स्फुट शब्दों के उच्चारण और लय से दारुक समझ गया था कि सुदर्शन मन्त्र का ही पाठ कर रहे हैं, लेकिन कहीं न कहीं चूक हो रही है उनसे। या तो मन्त्र भूल रहे हैं या गलत पाठ कर रहे हैं। हर बार नई कोशिश, लेकिन फिर चूक।

उन्होंने तर्जनी नीचे की, जल से बाहर आए और भीगे कपड़ों में ही 'ऐन्द्रद्वार' की ओर चल पड़े।

दारुक वस्त्राभूषण लिये हुए उनके पीछे-पीछे चला।

'ऐन्द्रद्वार' में प्रवेश करते हुए कृष्ण ने दारुक से कहा–'देखो, यह वही समुद्र है, जो मेरे 'श्यामशिला' पर बैठते ही पाँव पखारने के लिए दौड़ पड़ता था, आज कैसा दहाड़ रहा है!'

'मैंने नहीं समझा भगवन्!'

कृष्ण हँसे—'कुछ नहीं दारुक! लगता है, ऐश्वर्य की भी एक मियाद होती है और वह पूरी हो गई। और वह कब पूरी हुई मुझे पता ही नहीं चला।'

'अब भी नहीं समझा दादा!'

'कैसे समझाऊँ तुझे?' कृष्ण खड़े हो गए—'बस यह समझो कि प्रत्येक मनुष्य कभी न कभी कुछ ही पलों या क्षणों के लिए ही सही, किसी न किसी का ईश्वर हुआ करता है। ऐसा एक नहीं, कई बार हो सकता है। आख़िर ईश्वर है क्या? मनुष्य के श्रेष्ठतम का प्रकाश ही तो? और यह प्रकाश प्रत्येक मनुष्य के भीतर होता है। लेकिन फूटता तभी है जब किसी को कातर, बेबस, निरुपाय और प्रताड़ित देखता है। मैं भी था ईश्वर। हाँ, मेरी अवधि किन्हीं कारणों से थोड़ी लम्बी खिंच गई रही होगी।... चलो अब।'

कृष्ण चल पड़े लेकिन वह उन्हें खड़ा देखता रहा।

2

ऐसे तो हस्तिनापुर में धर्मराज्य की स्थापना के बाद से
कृष्ण निश्चिन्त थे
धर्मराज युधिष्ठिर, अर्जुन, भीम की क्षमताओं से
फिर भी उनका ध्यान अक्सर चला जाता था उनकी ओर
कि वे कैसे हैं?
कि राजकाज कैसा चल रहा है?
कि प्रजा कितनी सुखी है?
कि राज्य की सीमाओं पर तो अब खतरे नहीं हैं?
(सच कहो तो बचा ही कोई नहीं, जिससे खतरा हो।)

कृष्ण का ध्यान इसलिए भी जाता था कि सुधर्मा की सभा में द्वारका की भागीदारी का विरोध करते हुए बलराम कह चुके थे कि जो युधिष्ठिर आधा

राज्य भी नहीं सँभाल सकता, वह पूरा राज्य क्या सँभालेगा? उसे फुर्सत कहाँ जुआ और चौपड़ से?

और जो खबरें मिल रही थीं कृष्ण को
वे सचमुच चिन्ताजनक थीं
अर्जुन और भीम की रुचियाँ खत्म हो गई थीं धनुर्विद्या और गदा में
युधिष्ठिर कुछ तपस्वियों को लेकर बैठे रहते थे रात-दिन
और बहस करते रहते थे ब्रह्म, जीव और माया के बारे में
और उधर राज्य का हाल यह था कि
महायुद्ध के समय जो धरती जलकर राख हुई थी,
जो नदियाँ सूख गई थीं
जो जंगल बंजर हुए थे
वे जस-के-तस छोड़ दिए गए थे, उनकी किसी को चिन्ता नहीं
उल्टे जो थोड़ी-बहुत बस्तियाँ बची रह गई थीं
उनमें महामारी फैल रही थी
लोग मर रहे थे और उन्हें जलाने के लिए लकड़ियाँ नहीं मिल रही थीं।

उन स्वर्गीय वीर योद्धाओं की सन्तानें
जिनसे उम्मीद की जा रही थी कि वे अपने पिताओं से
दो-चार हाथ आगे जाएँगे और अपनी कलाओं से
त्रिभुवन को चमत्कृत करेंगे
वे गोधन, पशुधन और अन्नधन लूटने में व्यस्त थे।

जब कोई युधिष्ठिर के पास शिकायत लेकर जाता
वे आश्वस्त करते हुए अपने छज्जे से कहते—
'धैर्य धारण करें,
ऐसा मेरे ही राज्य में नहीं, पूरे आर्यावर्त में हो रहा है।
ईश्वर हमारी परीक्षा ले रहा है, हम उत्तीर्ण होकर रहेंगे।'

कृष्ण जब कभी ऐसा सुनते
उन्हें लगता—दुर्योधन क्या बुरा था?
उसका ऐब सिर्फ इतना ही था न,
कि पांडवों से ईर्ष्या-द्वेष रखता था
बाकी राजकाज देखने वाले भीष्म थे, विदुर थे
प्रजा को कोई शिकायत तो न थी

अगर अठारह अक्षौहिणी वीर योद्धाओं के संहार से
ऐसा ही राज्य हासिल होना था तो उन्होंने क्यों करवाया?
क्या आर्यावर्त में अपने 'वर्चस्व' के लिए?
क्या यह साबित करने के लिए
कि वे विष्णु के अवतार हैं, जो न जानते हों जान लें।
मथुरा से लेकर द्वारका तक वे केवल संहार और वध ही करते रहे
क्या अवतार इसीलिए होता है?

सोचो तो असुरों और राक्षसों की बात और थी
वे चोर थे, लुटेरे थे, आतंक थे, हत्यारे थे
बकरे और गाय और हिरन और मनुष्य में कोई फर्क नहीं था
उनके लिए
नरपिशाच थे वे, कुछ भी खा सकते थे, पी सकते थे
सन्त्रस्त थे आश्रम, गुरुकुल, तपोवन और ऋषि-मुनि-ब्राह्मण
सचमुच के भार थे इस विपुल पृथ्वी के
उन्हीं के संहारों ने ईश्वर की गरिमा दी थी उन्हें
लेकिन 'महाभारत' में जो मारे गए वे तो आर्यावर्त के गौरव थे
उनमें ऐसे-ऐसे महारथी थे जो अपने तीर की नोंक पर
पृथ्वी या तारामंडल को कदम्ब के फूल की तरह उठाकर
नचा सकते थे
निरर्थक मारे गए वे और जिस तरह मारे गए
वह युद्ध नहीं, हत्या थी
वह एक ऐसा नरसंहार था जिसके पीछे कोई तर्क नहीं था।

कृष्ण को आज लग रहा था कि
यह नरसंहार रोका जा सकता था।
देखो, जब हम सिर्फ दो भाई थे
और मथुरा छोड़कर द्वारका बसा सकते थे
तो तुम तो पाँच थे और उसमें भी अर्जुन-भीम जैसे
भीख या पाँच गाँव माँगने की नौबत ही कहाँ थी?
इन्द्रप्रस्थ का अनुभव भी था तुम्हारे पास
यह पूरी वसुन्धरा तुम्हारी थी, जहाँ चाहते वहीं राज्य बस जाता
रही जिद्दी द्रौपदी! उसे हम मना लेते, हमारी बात नहीं टालती वह।
और ऐसे भी जर्जर हस्तिनापुर में कोई सुरखाब का पर नहीं लगा था।
तो, रोका जा सकता था युद्ध।

लेकिन नहीं, नहीं रोका जा सकता था।
रोकना भी नहीं चाहिए था
क्योंकि राजा अन्धा था, बेटा—जो भावी नरेश होने का सपना पाले था—बहरा था और मंत्रिपरिषद् गूँगी थी, क्योंकि उसके पास जीभ थी तो खड्ग और गदा की।
ऐसा राज्य जरासन्ध के मगध से भी बुरा होता।
नहीं रोका, ठीक किया।

3

महाभारत खत्म हुए कई साल हो गए, लेकिन हर किसी को ऐसा लगता था, जैसे कल की ही बात हो। वह लोगों के दिमाग में था, लेकिन उसकी चर्चा जबान पर कोई नहीं लाता था।

कृष्ण द्वारका में होते तो अपना दोपहर के बाद का समय श्यामशिला पर बैठकर समुद्र के किनारे बिताते। हालाँकि श्यामशिला अब पहले जैसी मखमली गद्दों वाली नहीं रह गई थी। वे बैठे-बैठे थक जाते थे तो रेत पर टहलने लगते थे, लेकिन ज्यादातर समय वे द्वारका के बाहर ही रहते थे।

कभी प्रभास तीर्थ, कभी रैवतक, कभी पिंडारक। सिर्फ वे और दारुक जानते थे कि रथ और घोड़े वैसे ही हैं, लेकिन 'वे' नहीं हैं। रथ की धुरी भी लोहे की है, गरुड़ध्वज की तरह 'वज्रनाभ' नहीं। लेकिन लोगों में भ्रम है अब भी, तो बना रहे।

वे अब सहज हो चले थे। वे अक्रूर, विदुर, सात्यकि, कृतवर्मा, आहुक, प्रभंजन–जो भी आता, उससे मिलते, द्वारका के बारे में जानकारी करते। उन्हें पता चलता कि द्वारका की स्थिति बहुत अच्छी नहीं है, लोगों के घरों में महुए की शराब बनने लगी है, वारुणी पी जा रही है। वे बच्चे, जिनके पिता युद्ध में मारे गए थे और जो अब बड़े हो गए हैं, गुरुकुलों और अखाड़ों में रुचि नहीं रखते। गुरुकुल-मल्लविद्या के हों या धनुर्विद्या के, सुनसान पड़े रहते हैं। लड़कों का कहना था कि असुर नहीं हैं, राक्षस नहीं हैं, सीमा पर खतरे का डर नहीं है, तो काहे का गुरुकुल और अखाड़ा! काम भर की हर विद्या हम यादव होने के कारण थोड़ी-बहुत जानते हैं।

एक दूसरी समस्या भी खड़ी हो गई थी और वह ज्यादा चिन्ताजनक थी। यह समस्या भी कृष्ण की ही खड़ी की हुई थी। उन्होंने प्राग्ज्योतिषपुर में भौमासुर की कैद से सोलह हजार किशोरियों को मुक्त कराया था। वे भिन्न-भिन्न कुलों, जातियों और राज्यों की अत्यन्त आकर्षक और रूपसी थीं। मुक्त कराने के बाद जब कृष्ण ने कहा कि अब अपने-अपने घर जाओ। तब उन्होंने उत्तर दिया–कहाँ जाएँ? माँ-बाप स्वीकार नहीं करेंगे। सास-ससुर घर में घुसने नहीं देंगे। कृष्ण ने फिर डोलियों में भर-भरकर उन्हें द्वारका भिजवाया। समुद्र के किनारे मीलों लम्बी रावटियाँ खड़ी करवाईं। उनका पुनर्वास किया। ये रावटियाँ द्वारका के उत्तर भल्लात द्वार के तट पर बसाई गई थीं। पता चला, यादवों के छोरे शाम ढलते ही रावटियों का चक्कर लगा रहे हैं और देर रात तक उनके साथ जल-विहार कर रहे हैं। वे किशोरियाँ निष्कंटक और निर्बाध जीवन जी सकें, इसके लिए कृष्ण ने प्रचार करवाया था कि उन्होंने सबमें अपने नाम का मंगलसूत्र बँटवाया है। छोरों का तर्क था कि बँटवाया है, पहनाया तो नहीं। बँटवाने का मतलब जैसे दान-दक्षिणा हो। और आज तक किसी ने उन्हें इधर आते-जाते भी तो नहीं देखा। अगर वे कामेच्छा से पीड़ित हैं और हमारा संसर्ग चाहती हैं, तो किसी को क्या आपत्ति?

इस समस्या का निदान सूझ नहीं रहा था कृष्ण को।

उन्होंने तटरक्षकों की संख्या बढ़ा दी और रक्षकों का जाल वहाँ तक फैलाया, जहाँ तक रावटियाँ थीं। कुछ दिन तक तो ठीक रहा, लेकिन कुछ दिनों बाद सुनाई पड़ने लगा कि वे रक्षक रावटियों के अन्दर चोरी-छिपे आते-जाते देखे जा रहे हैं।

अब इसका क्या करें कृष्ण?

कृष्ण का ध्यान सहसा गरुड़द्वार की ओर गया, जहाँ बलराम द्वारपालों से बातें कर रहे थे। वे समझ गए कि वे उन्हीं से मिलने आ रहे हैं। अब तक कृष्ण लोगों के बीच ही उनसे मिलते थे। अकेले मिलने से बचते थे।

बलराम हलधर थे यानि किसान।
गोकुल में बलराम खेती-बारी का काम देखते थे
और गौवें सँभालते थे कृष्ण
बलराम गोरे थे, बलवान थे लेकिन सीधे-सादे,
गम्भीर, आध्यात्मिक किस्म के जीव
कायदे-कानून के पाबन्द, नियम के पक्के, संयम के धनी
फालतू पचड़ों में पड़ने की आदत नहीं
लेकिन क्रुद्ध हो जाएँ किसी बात पर
तो छोटा भाई किशन ही था जो उन्हें रोकने का हौसला रखता था।

इसके ठीक उलट थे किशन
नटखट, चुलबुले, शेखचिल्ली और दिलफेंक
छोटे-बड़े सबमें उठने-बैठने, खेलने-कूदने
और बोलने-बतियाने के रसिया
ऐसे कि जो एक बार देखे तो बार-बार देखना चाहे
रंग ऐसा जैसे नीला आसमान
रूप ऐसा जैसे पूर्णिमा का चाँद
तेज ऐसा जैसे दोपहर का सूर्य
मुसकान ऐसी, जैसे इन्द्रधनुष

लेकिन परम फितूरी, न चैन से खुद रहे न किसी को रहने दे

बलराम बेइन्तहा प्यार करते थे इस किशन को
और चाहते थे कि सारी जिन्दगी ऐसा ही बना रहे
लेकिन हुआ ये कि वह एक से दूसरे, तीसरे, चौथे पेंच में
उलझता गया
और उलझता क्या, खुद को उलझाता गया
और बाद में तो जैसे सारी दुनिया को ही
ठीक करने का ठेका ले लिया।
यह देखकर बलराम सुखी-दुखी दोनों रहते थे।

महल में बलराम के आने के पहले ही कृष्ण ने चरण-स्पर्श किया और बैठने के लिए अपनी आरामकुर्सी दी।

बैठते ही बलराम ने कहा–'तुम्हें अपने द्वारपालों के बारे में खबर है कि नहीं?'

कृष्ण ने पूछा–'क्या?' ऐसे भी वे बलराम के आगे कम बोलते थे। कभी उनसे बहस तो करते ही नहीं थे।

'जो लोग तुम्हारे दर्शन के लिए आते हैं–दूर-दूर से, जिन्हें ये जानते हैं, उन्हें तो कुछ नहीं बोलते, आने देते हैं, लेकिन जिन्हें नहीं जानते, उन्हें परेशान करते हैं और उनकी सामर्थ्य के अनुसार पण (ताँबे का सिक्का) लेते हैं।'

कृष्ण अवाक् उन्हें देखते रहे।

बलराम थोड़ा रुके–'एक और बात पता चली है। तुम्हारी सहमति से हमने तटों पर नौकाओं की व्यवस्था की थी और नाविकों की नियुक्ति की थी। यह राजकीय व्यवस्था थी। हम उन्हें राजकोष से वेतन देते हैं। दिन भर लगा रहता है काम–इस पार से उस पार आने-जाने का। लकड़ियाँ हैं, गोधन है, पशुधन है, दूध है, दही है, चारा है, साधु हैं, संन्यासी हैं। एक नियम बनाया था कि आना-जाना मुफ्त में। इधर सुना कि नाविक अब किराया माँगने लगे हैं।'

यह सुनकर कृष्ण गम्भीर और चिन्तित हो गए।

'किशन!' बलराम उठे और उन्होंने कृष्ण के कन्धे पर हाथ रखा–'मैं सब देख लूँगा, चिन्ता न करो। चलो, कुछ देर तुम्हारी पुष्पवाटिका में बैठते हैं।'

महल के सामने ही पुष्पवाटिका थी–पद्मसरोवर के बगल में। मोर और हिरन इधर-उधर घूम रहे थे। सरोवर से बाहर गरदन उठाए हंस टहल रहे थे। कबूतरों के झुंड फड़फड़ाते हुए कभी नीचे उतरते, कभी महल के छज्जे पर जा बैठते। रातरानी, जूही, बेला की खुशबू हवा में फैल रही थी।

दोनों भाई घास पर रखी कुर्सियों पर आ बैठे, दोनों की भुजाओं में एक जैसे बाजूबन्द, गले में मोतियों की कई मालाएँ, माथे पर चन्दन के टीके, कन्धों पर अलग-अलग रंगों के उत्तरीय, पैरों में चन्दन की खड़ाऊँ, कन्धों तक लहराते हुए लम्बे लेकिन सफेद बाल।

गोपीवेश में सजी-धजी सेविका चाँदी के दो गिलास में वारुणी लाई और सोने की थाल में फल, पनीर जैसे खाने के पदार्थ।

कृष्ण कभी-कभी पीते थे। खासतौर से उत्सवों में, लेकिन बलराम शौक रखते थे। पीकर होश खो दें, ऐसा कभी नहीं हुआ।

बलराम ने गिलास खाली की और कहा–'तुमने किस घामड़ और निकम्मे आदमी के लिए लाखों के खून बहाए किशन?'

'किसकी बात कर रहे हैं दाऊ?'

'युधिष्ठिर की, और किसकी? मेरे गुप्तचर ने कल जो बताया था, सुनकर चकित रह गया। हँसी भी आ रही थी। सुनोगे? लो सुनो!...सुना कि तुमने उन्हें सलाह दी थी कि राज्याभिषेक के बाद पहला काम कीजिए कि पितामह के पास चले जाइए और राजनीति और राज्य-संचालन सीख आइए। वे चन्द घड़ियों के मेहमान हैं। गए भी थे और वहाँ से यही सीखकर आए कि जब राज्य मुसीबत में हो, तो भाग खड़े हो। ...तो सुनो, जब युद्ध के बाद महामारी शुरू ही हुई थी कि उन्होंने भाइयों की सभा बुलाई और बोले–मैं कितना सौभाग्यशाली हूँ कि मुझे तुम लोगों जैसे भाई मिले हैं और यह कितना अच्छा सुयोग है कि आकाश में बादल नहीं हैं, बारिश की आशंका नहीं है, मौसम सुहावना है, हवा में नमी नहीं है। मैं कल कैलास मानसरोवर की यात्रा पर

निकलना चाहता हूँ।'

यह सुनकर सभी भाई सन्न रह गए।

'राज्य में महामारी फैल रही है, लोग मर रहे हैं। गाँव के गाँव अपना राज्य छोड़कर दूसरे राज्य में भाग रहे हैं। यह आपके लिए सुयोग है?' भीम क्रोध में बोला।

'देखो भीम, मरना-जीना तो विधि के हाथ है। एक दिन हमें भी मरना है। मैं यहाँ रहूँ या कैलास, जिन्हें मरना है, वे मरेंगे ही।'

'नहीं, लोगों को मरने से रोका जा सकता है। आपका काम है कि आप अच्छा से अच्छा वैद्य भिजवाइए, औषधि भिजवाइए, साफ-सफाई का बन्दोबस्त कीजिए, उनके बीच जाइए, उन्हें भरोसा दीजिए, अपने बीच राजा को देखकर उनका मनोबल बढ़ेगा। यही राज्यधर्म है।' सहदेव ने कहा।

'सुनो सहदेव! गदाधारी भीम और धनुर्धारी अर्जुन के रहते मुझे कभी किसी बात की चिन्ता नहीं हुई।'

अर्जुन ने झुँझलाकर कहा—'महामारी में गदा और धनुष का क्या काम? इस बात को आप क्यों नहीं समझते?'

युधिष्ठिर चुप हो गए और देर तक चुप रहे। फिर बोले—'मुझे अपने भाइयों से ऐसी उम्मीद नहीं थी!'

नमक-मिर्च लगी हुई इस कथा को बलराम ने रस लेते हुए ऐसे सुनाया कि कृष्ण भी हँसते-हँसते लोट-पोट हो गए।

तीसरा या चौथा गिलास खत्म करने के बाद बलराम ने कहा—'अभी खत्म नहीं हुई बात, और है। वह भी सुन लो। महामारी के बाद शुरू हुआ अकाल।'

कृष्ण ने जैसे ही 'अकाल' सुना, वैसे ही कहा—'अच्छा सुनिए दाऊ, मैंने कहलवाया था कि 3,000 गोधन, 200 बैलगाड़ी चावल, सौ हाथी जलावन लकड़ियाँ, सौ ऊँट भूसा हस्तिनापुर भिजवा दिया जाए...' बीच में ही टोककर बलराम बोले—'तुम्हारे कहने के तीसरे दिन ही सब भेज दिया गया, लेकिन कुछ बैलगाड़ियाँ और गौवें बीच में ही लुट गईं, सब नहीं पहुँच पाईं!'

'लेकिन, अकाल का भी सुन लो! युधिष्ठिर ने फिर भाइयों की सभा बुलाई।'

उनके शुरू करने के पहले ही भीम ने पूछा–'अबकी तीर्थाटन पर कहाँ जाने का इरादा है?'

युधिष्ठिर खुश हो गए। उन्होंने भीम के व्यंग्य को नहीं समझा। बोले–'अरे भीम! तुम तो बड़े समझदार हो! कैसे जान लिया तुमने?'

'ऐसे कि जब राज्य पर विपत्ति आती है, तो आपको तीर्थाटन ही सूझता है।'

युधिष्ठिर गम्भीर हो गए–'ऐसा नहीं है। यह जरूर है कि भीषण अकाल पड़ा है। और क्यों न पड़े? राज्य की धरती जलकर राख हो चुकी है। नदियाँ और तालाब सूख चुके हैं। खेतों में काम करने वाले युद्ध की भेंट चढ़ चुके हैं। लोग बिलबिला रहे हैं। यह अकाल कब तक चलेगा, कोई नहीं जानता। मैं बहुत दूर नहीं, बस केदारनाथ धाम तक ही जाना चाहता हूँ। जब तक लौटकर आऊँगा, तब तक यह अकाल रहेगा। इसलिए मेरा अनुरोध है कि अबकी न रोको।'

भीम ने अपने उसी क्रोध की मुद्रा में कहा–'हमने जीवन में जितनी मुसीबतें झेलीं, सब आपके कारण, लेकिन अब नहीं झेलेंगे। आपसे निवेदन है कि हमें मुँह दिखाने लायक रहने दीजिए।'

'महाराज!' सहदेव ने कहा–'हमारे पड़ोसी राज्य हमारे लिए चिन्तित हैं। वे हर तरफ से भारी मात्रा में हमारे लिए खाने-पीने का सामान भिजवा रहे हैं। उनसे जितना बन पड़ रहा है, कर रहे हैं। हमारा काम है कि हम गाँव-गाँव जाएँ, उनकी जरूरतों के हिसाब से सामान बँटवाएँ और क्या-क्या हो सकता है–इस पर विचार करें और काम शुरू कर दें। यह तीर्थयात्रा का समय नहीं है।'

सुना कि युधिष्ठिर मुँह फुलाकर बिना कुछ कहे महल से चल पड़े। किसी तरह से द्रौपदी उन्हें मना-चुनाकर वापस ले आईं।

कृष्ण युधिष्ठिर को जानते थे। उनके सामने ही कई बार विकट स्थितियाँ पैदा कर दी थीं उन्होंने। सुलझा हुआ मामला उनके कारण उलझते-उलझते फिर

किसी तरह सुलझाया जा सका था। ये सारी बातें अगर सही नहीं, तो भी कुछ न कुछ सही जरूर होंगी। यह वे समझ रहे थे। बलराम तो मस्ती में थे, लेकिन कृष्ण को भी मजा कम नहीं आ रहा था।

जब दोनों भाई पी-खा चुके, तो खुश होकर बलराम ने कहा–'किशन, ऐसा कर कि दो खटिया यहीं मँगा। इसी वाटिका की हरी घास पर। इसी अँजोरिया रात में। दोनों भाई रात भर गप्पें मारेंगे आज।'

4

दोनों के महल एक ही पहाड़ी पर अगल-बगल
एक जैसे, सिर्फ उनके प्रवेश-द्वार के प्रतीक-चिह्न अलग-अलग
दोनों को अलग करती एक प्राकृतिक पत्थर की दीवार
उनके नौकर-चाकर, सेवक-सेविकाएँ और सुरक्षाकर्मी दूसरे-दूसरे
गोकुल के बाद कभी मौका मिला नहीं कि
रात भर साथ रहें और बतियाएँ।

बलराम कृष्ण से नाराज होकर चले गए थे हिमालय
महाभारत से पहले ही
लौटे थे उस अन्तिम दिन–जिस दिन
भीम-दुर्योधन के बीच गदा-युद्ध था
ये दोनों उनके शिष्य थे
वे इन दोनों की कमियाँ-खूबियाँ जानते थे
जानते थे कि भीम में बल है, लेकिन दुर्योधन में
कौशल है, निपुणता है, स्फूर्ति है
दुर्योधन द्वैपायन सरोवर में समाधिस्थ था
थका, टूटा, हारा
उसके सारे सेनापति, बन्धु, मित्र मारे जा चुके थे
उसका घोड़ा सरोवर-तट पर मरा पड़ा था

उसकी दिलचस्पी युद्ध क्या, राज्य में ही खत्म हो गई थी
ऐसे ही में पांडवों समेत सदलबल उसे ढूँढ़ते हुए
कृष्ण पहुँचे थे सरोवर के पास और बोले–
बस यही सही समय है जब उसे उकसाओ, उत्तेजित करो,
बाहर निकालो
और युद्ध के लिए ललकारो!
बस युधिष्ठिर शुरू हो गए–भगोड़े! डरपोक! कायर! पापात्मा!
और भी जाने क्या-क्या!

बात-बहादुर युधिष्ठिर के व्यंग्य-बाणों और कटूक्तियों से आहत
दुर्योधन भीगे वस्त्रों में सरोवर से बाहर आया
सोने का कवच पहना, सोने का मुकुट लगाया, लोहे की गदा उठाई
और बोला–'हे पांडवगण! अब आओ।
तुममें जो सबसे बलवान हो और
मेरा आघात सह सके, आगे आए।'
और जैसे ही भीम गदा तानकर उठे, वैसे ही
उन्मत्त हाथी की तरह दुर्योधन चिंघाड़ा–

'सुन ले वृकोदर, न्यायानुसार गदा-युद्ध में देवराज इन्द्र भी मुझे नहीं हरा सकता। फिर तेरी क्या औकात? बस इतना चाहता हूँ कि कृष्ण के परामर्श पर अन्याय युद्ध में मत प्रवृत्त होना!'

इसी समय बलराम वहाँ पहुँचे थे।
दोनों ने उन्हें प्रणाम किया, उनका आशीर्वाद लिया और युद्ध आरम्भ किया।

विकट और भयानक युद्ध था वह। उनकी चीत्कारों और गदा की टक्करों से आकाश थर्रा रहा था। वे लड़ते, थकते और थोड़ी देर बाद फिर भिड़ जाते। कभी दुर्योधन भारी पड़ता दिखाई देता, कभी भीम। दुर्योधन ने दो बार अपने प्रहार से भीम को मूर्च्छित कर दिया, लेकिन दोनों बार उन्हें स्वस्थ होने का अवसर दिया। वह चाहता तो मार सकता था भीम को, लेकिन नहीं किया ऐसा। गदा की टकराहटों से उड़ती चिनगारियों के बीच चिन्तित अर्जुन ने

कृष्ण से कहा–'क्या लगता है आपको?'

कृष्ण बोले–'न्याय युद्ध में भीम दुर्योधन को कभी नहीं हरा सकते।'

अर्जुन डर गए–'तब?'

कृष्ण मुसकराए और जाँघ थपथपाकर अर्जुन को संकेत दिया।

जिस समय दुर्योधन अपनी चपलता, कौशल, गतिशीलता और बुद्धि-चातुर्य से भीम को चकमे पर चकमा दे रहा था और उसके गदाघात को लगातार निष्फल कर रहा था, उसी समय भीम का ध्यान अर्जुन के जाँघ थपथपाने की ओर गया। भीम अपने को थका दिखाने का अभिनय करते हुए पीछे हटा, फिर क्रोध से उसकी ओर दौड़ा। दुर्योधन उस प्रहार को फिर व्यर्थ करने के लिए जैसे ही ऊपर उछला, भीम ने नियम तोड़कर वज्रतुल्य भीषण गदा घुमाकर उसके घुटने पर फेंकी। दुर्योधन चीत्कार करता हुआ जमीन पर गिर पड़ा।

'नीच! अधम! पापी!' क्रोध से काँपते और चीखते-चिल्लाते बलराम हल उठाकर भीम को मारने के लिए दौड़े–'नाभि के नीचे गदा प्रहार करना कहाँ का नियम है? यह हत्या है, वध है, युद्ध नहीं। तुझे आज जिन्दा नहीं छोड़ूँगा।'

कृष्ण रोकने के लिए उनके पीछे दौड़े। लेकिन उनका क्रोध शान्त नहीं हुआ। वे भीम के अधर्माचरण को कोसते हुए, उसे कूटयोद्धा घोषित करते हुए तुरन्त युद्धस्थल से चले गए।

तभी से वे कृष्ण से नाराज चल रहे थे। बोलचाल भी लगभग नहीं के बराबर रह गई थी।

'किशन, सो तो नहीं गया! भई योगी आदमी हो, क्या ठिकाना! जब चाहो सो जाओ, जब चाहो जग लो! यहाँ तो नींद ही नहीं आ रही है।'

'क्यों, क्या हो गया?' कृष्ण ने बलराम की तरफ करवट बदलते हुए पूछा।

'जब भी कहीं से सुगन्ध आती है, मुझे कुरुक्षेत्र की याद आ जाती है और यह आज से नहीं, तभी से है, जब से लौटा हूँ।'

'इस सुगन्ध से कुरुक्षेत्र का क्या सम्बन्ध?'

'उसकी दुर्गन्ध से। जब मैं तराई से आगे मैदान में आया, तो एक लकड़हारा

दिखा। उससे पूछा–बाबा, कुरुक्षेत्र किधर पड़ेगा? उसने आसमान की ओर इशारा करके कहा–देखो, ये गिद्ध, चील, कौवे, उनके झुंड के झुंड जिस दिशा में उड़ते हुए चले जा रहे हैं, उसी दिशा में चलते जाओ। कहीं किसी से पूछने की जरूरत नहीं। और सही बताया था उसने। कुरुक्षेत्र में तो बाप रे बाप! जाने कितने योजन लाशों पर चलकर द्वैपायन सरोवर तक पहुँचा था। लाशें थीं कि खत्म ही नहीं हो रही थीं–आदमी, उनकी खतम तो हाथियों की, घोड़ों की, फिर आदमियों-ऊँटों की, मांस के लोथड़े, जले-अधजले, सड़े-गले की बदबू ऐसी कि मूर्च्छा आ जाए। इस बदबू ने कभी पीछा नहीं छोड़ा, चाहे जहाँ जाऊँ, जहाँ रहूँ। और आश्चर्य यह कि यह उसी समय महसूस होती है, जब कहीं से भी खुशबू का झोंका आता है।'

(दोनों ओर से लम्बी चुप्पी)

कृष्ण ने कहा–'दाऊ, आप कुछ दूसरी बातें नहीं कर सकते? अच्छी-अच्छी। गोकुल के दिनों की? जब आप मेरी शरारतों पर मारते थे?'

'नहीं मार सकते! न यह गोकुल है, न तुम वैसे हो, न शरारतें वैसी हैं! याद है तुम्हें, गदा-युद्ध के बाद भीम को मारने के लिए हल लेकर दौड़ा था मैं। क्यों नहीं मारा?'

'इसलिए कि मैंने रोक दिया था।'

'नहीं, इसलिए कि मैंने जाँघ थपथपाकर अर्जुन को इशारा करते हुए तुम्हें देखा था। अधर्म तुम्हारा था, भीम का नहीं।'

'तो मुझे ही मारा होता आपने।'

बलराम उतान से फिर करवट घूमे कृष्ण की तरफ।

'किस-किस अधर्म के लिए मारता मैं? एक-दो हों, तब तो?...क्या समझते हो, मैं हिमालय धूनी रमाने के लिए गया था? तपस्या करने गया था? उस ऊँचाई से वह सारा कुछ देख-सुन रहा था, जो तुम कुरुक्षेत्र में कर रहे थे। तुम अधर्म की नींव पर धर्म की जर्जर इमारत खड़ी कर रहे थे। कहकर गए थे द्वारका से कि यह अधर्म के विरुद्ध धर्मयुद्ध है, धर्म की स्थापना करनी है। किस धर्म को स्थापित किया? न्याय को? ईमानदारी को? भाईचारे को? प्रेम को? किसको? प्रेमयोग का ज्ञान देते

घूम रहे हो और दादा को पोते से, मित्र को मित्र से, गुरु को शिष्य से और भाई को भाई से मरवा रहे हो! पूरे आर्यावर्त में घूम कर देखा मैंने, ब्राह्मणों, महिलाओं और बच्चों को छोड़कर कोई नहीं बचा है। इसे किस धर्म की स्थापना कहेंगे?'

बलराम उत्तेजना में उठकर बैठ गए।

कृष्ण उनकी ओर मुँह करके चुपचाप लेटे रहे और सुनते रहे, छोटे भाई की तरह। बीच में कई बार बोलने की इच्छा हुई, लेकिन डर लगा कि कहीं फिर नाराज न हो जाएँ और उठकर चल दें।

'हाँ, तुमने एक काम जरूर किया।' बलराम रुककर बोले–'तुमने युद्ध की शास्त्रीय और पुरानी शैली को नाकारा साबित कर दिया–अपनी छल और कूट बुद्धि से। इसका प्रयोग तुम राक्षसों-असुरों के संहार के लिए करते हो। लेकिन युद्ध में छल से तुमने जिनका वध किया, वे असुर और राक्षस नहीं थे। भीष्म, द्रोण, कर्ण–ये अनमोल रत्न थे आर्यावर्त के, जो किसी-किसी युग में कभी-कभार ही पैदा होते हैं। इन्हें अकेले नहीं मार सकता था क्या अर्जुन? फिर वह किस बात के लिए तीनों लोकों में सबसे बड़ा धनुर्धर कहलाता फिर रहा था?'

बलराम कृष्ण की प्रतिक्रिया देखते रहे।

कृष्ण ने आँखें बन्द कर रखी थीं। चुप थे।

'हाँ, इस युद्ध के बाद इतना जरूर हुआ कि जो पहले दबे स्वर में तुम्हें 'अवतार' या 'ईश्वर' कहते थे, वे खुलकर स्तुति-गान करने लगे। और गाने वाले थे ही कौन? वही वेदपाठी ब्राह्मण, तपस्वी, ऋषि-मुनि। यज्ञ, हवन, पूजा-पाठ करने वाले ब्राह्मण। तुम्हें भी अच्छा लगता था और मुझे भी खुशी होती थी कि चलो, मेरा छोटा भाई ईश्वर है, मैं ईश्वर का बड़ा भाई हूँ। लेकिन एक प्रश्न मेरे मन में बराबर उठता है कि ईश्वर का काम केवल संहार करना है? निरर्थक, निरुद्देश्य, निःस्वार्थ जनसंहार?

'और क्या समझते हो, जो कुछ कुरुक्षेत्र में हुआ है या तुमने किया है

द्वारका उससे अछूती रहेगी? जो भी सौ-पचास उस युद्ध से लौटे हैं अपंग और विकलांग, वे अन्धे-बहरे हैं? उन्होंने कुछ नहीं देखा होगा? कुछ नहीं सुना होगा? कैसे मान लें कि वे महाभारत में अपने द्वारकाधीश की महिमा लोगों से न गाते होंगे? किशन, ये मेरे विचार हैं। आवश्यक नहीं कि सही ही हों।'

इस तरह बलराम के एकालाप के साथ ही उस रात की सुबह हुई।

5

बातें कहते-सुनते कब भोर हो गई, पता ही नहीं चला। पूरब के आसमान में लाली दिखाई देने लगी थी। चिड़ियों के कलरव सुनाई पड़ने लगे थे। परिसर में मोर और हिरन घूमने लगे थे। हवा में खुनक थी और हल्की ठंड महसूस हो रही थी। रात भर दहाड़ने के बाद थककर समुद्र अब हाँफ रहा था और उसकी लम्बी-लम्बी साँसें वाटिका तक सुनाई पड़ रही थीं।

बलराम के शान्त हो जाने के बाद कृष्ण उठ बैठे। वे कुछ-कुछ भावावेश और उत्तेजना में थे, लेकिन बलराम का लिहाज करते हुए संयम से बोलना शुरू किया :

'दाऊ, तुम तो विश्व-प्रपंच से ऊपर उठ चुके हो
लेकिन मैं नहीं उठ सका, उसी में धँस गया,
धँसने के सिवा कोई चारा भी नहीं था।

बात बहुत पहले की है दाऊ, शायद तुम्हें याद हो
तब हम मथुरा में थे
विदर्भ नरेश भीष्मक की पुत्री रुक्मिणी का स्वयंवर था
जरासन्ध, शिशुपाल, शाल्व और पूर्व-उत्तर राज्यों के
सभी नरेश आमन्त्रित थे
यदि नहीं आमन्त्रित थे तो शूरसेन के नरेश।
क्यों? क्योंकि उन्हें क्षत्रिय नहीं, यादव समझा जाता था
तुम्हें पता है दाऊ कि हमारे आद्यपुरुष यदु शापित थे

पिता के शाप से—तब से क्षत्रियत्व का लोप हो गया
और हम यादव हो गए।
इसीलिए देखा होगा, जितने भी क्षत्रियों के स्वयंवर होते हैं
हमें बुलाया जाता है देखने के लिए, शोभा के लिए
भाग लेने के लिए नहीं।

मुझे पता था रुक्मिणी मेरा वरण करना चाहती है
भीष्मक को भी आपत्ति नहीं थी, लेकिन
उसके चारों भाई उसकी इच्छा के विरुद्ध थे।
वे चाहते थे कि वह शिशुपाल का वरण करे।
अर्थात् जिसके लिए स्वयंवर,
उसी को यह अधिकार नहीं कि किसे चुने?
उसी समय दाऊ, मैंने तुमसे कहा था कि
तुम मथुरा सँभालो, मैं आया!
मैंने अपने साथ चुने हुए योद्धाओं को लिया
और क्षत्रियोचित रीति से रुक्मिणी को हरण कर ले आया।
मैंने उन जाति-अभिमानी, पाखंडी, दम्भी क्षत्रियों के दर्प को
विदीर्ण करते हुए कह दिया था कि यह
अनामन्त्रित ग्वाला अपनी रुक्मिणी को
लिये जा रहा है जो करना हो, कर लो!
लेकिन असल बात क्षत्रियों-यादवों की नहीं है
एक प्रश्न मेरे मन में बराबर गूँजता रहता है तब भी और अब भी
कि क्या मनुष्य का मनुष्य होना ही काफी नहीं है?
फिर उसे वर्णों में क्यों बाँटा गया?
क्यों कहा गया कि यह क्षत्रिय है, यह ब्राह्मण है, यह वैश्य, यह शूद्र।
द्वारका में तो सब यादव हैं चाहे वे खेती करें,
चाहे व्यापार, चाहे लोहे-लकड़ी के काम!
आर्यावर्त का ही ऐसा कोई नरेश नहीं,
जिसे अपने पशुधन पर गर्व न हो?
कौरवों-पांडवों के बीच पहली मुठभेड़ किस बात के लिए हुई थी?

विराट की गायों के लिए ही तो?

दाऊ, मैंने अब तक जो किया, कुछ भी गलत नहीं किया।
यादव, ग्वाला, चरवाहा, रासरचैया, बंसीबजैया सुनते-सुनते थक चुका था मैं
मैंने तय कर लिया था कि जब मैं गौवें चरा सकता हूँ
तो तुम जैसे पशुओं को भी चरा सकता हूँ।

और रही बात ईश्वर की
तो मैं ईश्वर कहो या वासुदेव–होना चाहता था
क्योंकि उसकी कोई जाति नहीं होती, वर्ण नहीं होता, गोत्र नहीं होता
अकेला वही है जो वर्णाश्रमों के बन्धनों से मुक्त है।

और दाऊ, कोई भी हारने के लिए नहीं लड़ता
लड़ता है विजय के लिए
और विजय गांडीव के रास्ते नहीं मिलती
मिलती है रणनीति से
जिसे तुम छल, कपट, झूठ, अधर्म कहते हो
वे रणनीति के ही अंग हैं
और मैंने 'रणनीतिकार' की भूमिका उसी दिन तय कर ली थी
जिस दिन स्वयं को 'निःशस्त्र' घोषित किया था।

और दाऊ, यह अपनी द्वारका
जो हमेशा से हाशिए पर रही थी
हमारे-तुम्हारे तमाम अभियानों और सफलताओं के बावजूद
जो आर्यावर्तियों की नजर में
भेड़-बकरी-गाय चराने वाले ग्वालों के टीले से ज्यादा
अहमियत नहीं रखती थी
वही द्वारका आज उनके लिए दर्शनीय स्थल है।
देख रहे हो लगातार आने वाले ऋषियों, मुनियों, तपस्वियों को?

अगर वे आते हैं, पूजा-अर्चना-अभ्यर्थना करते हैं
तो इसमें क्या बुरा है?'

कृष्ण ने अपनी बात खत्म करने के बाद बलराम को देखा।

बलराम ने उठते हुए कहा–'तुम्हारी कुछ बातें समझ में आईं, कुछ नहीं आईं। जो नहीं आईं, उनके लिए फिर मिलेंगे।'

||चार||

अपने ऐन्द्रद्वार के समुद्र तट पर टहलते हुए कृष्ण
अनायास बीच-बीच में ठिठक जाते थे आज
और खड़े हो जाते थे त्रिभंगी मुद्रा में
यह मुद्रा गोकुल और ब्रज के दिनों की थी
और वे भी कृष्ण नहीं, कान्हा थे, कन्हैया थे
जब आसपास गोप थे, गोपियाँ थीं, ग्वाले थे, गौवें थीं,
करील थे, तमाल थे और यमुना थी और राधा थी।

और राधा भी जैसे यमुना की लहरों की हिलोर
और उस हिलोर की वह कूक
इठलाते, मचलते, चलते मोर की चाल जैसी कूक
क्यों गूँज रही है इधर कई दिनों से उनके कानों में?

उन्हें याद है जब कंस का बुलावा आया था मथुरा से
नन्द बाबा रो रहे थे
जसोदा मैया बिलख रही थीं
गाँव के गोप-गोपियों की आँखें डबडबा आई थीं
और भीड़ रास्ता रोके खड़ी थी
कि न जाओ, उस राक्षस का कोई ठिकाना नहीं
कोई चारा नहीं था जाने के सिवा
लेकिन तब भी उनकी आँखें ढूँढ़ रही थीं राधा को
वे टूटे दिल से विदा हुए थे इधर-उधर देखते हुए दाऊ के साथ
क्या पता था जमुना किनारे करील के कुंजों के पीछे
इन्तजार कर रही है राधा
जैसे ही वे डोंगी की तरफ बढ़े वैसे ही एक हिचकी सुनाई पड़ी—

'कान्हा!'
वे जैसे ही घूमे, वैसे ही उसके हाथों की वैजयन्ती माला
उनके गले में
'और यह क्या छिपा रखा है? घाघरे के पीछे?'
देखा तो वंशी। तान दी उन्होंने मारने के बहाने
'चोट्टिन कहीं की। गोधन पूजा के दिन से ही इसे ढूँढ़ता रहा था।'
'तुम्हारे पास तो और भी मुरली है, यही क्यों?'
'नहीं जानतीं तुम! ओठों पर आते ही
अपने आप राग फूट पड़ते हैं इससे!'
'अनुराग कहो, राग नहीं' मुसकराई वह 'अब इसे खोना नहीं।'
वंशी को प्यार से देखते और उस पर उँगलियाँ फेरते हुए
जैसे ही वे तिरछे हुए
कि सहसा खड़े हो गए–'जल्दी ही आऊँगा, घबराना नहीं।'
'नहीं आओगे, जानती हूँ।' कहती हुई लौट चली।
'आऊँगा, देख लेना।' चिल्ला कर कहा उन्होंने।
राधा रुक गई–'तुम क्या आओगे? आऊँगी मैं और तुम्हें ले जाऊँगी!'

कंस-वध के बाद स्थितियाँ ऐसी बनीं कि वे लौट नहीं सके। अपनी विलाप करती विधवा बेटियों को देखने के बाद जरासन्ध ने मथुरा को मटियामेट करने की तैयारियाँ शुरू कर दीं। इधर महाराज उग्रसेन ने दोनों भाइयों से कहा–'मैं बूढ़ा हुआ! तुम्हीं दोनों मेरे सहारा हो। मथुरा तुम्हीं लोगों के भरोसे है। अधर में छोड़कर न जाओ!'

राजमहल के एक ओर अतिथि-गृह था, दूसरी ओर कंस का विश्राम कक्ष। छोटे-छोटे महल। कृष्ण को अतिथिशाला में रखा गया। सघन सुरक्षा के बीच। षड्यन्त्र और घात की आशंकाएँ थीं। एक तो अब भी कंस के कुछ विश्वासपात्र हो सकते थे, दूसरे रानियों के सेवक-सेविकाओं में से अनेक मागध थे, जिन्होंने मगध लौटने को मना कर दिया था। ऐसी व्यवस्था महाराज की ओर से की गई थी।

अतिथिशाला के मध्य में विशाल सभागार था, जिसके चारों ओर भव्य सुसज्जित कमरे। सुनहले पायों वाले चन्दनी पलंग। सबमें कालीन। कालीन

सभागार में भी था–सफेद और गद्देदार। छत पर कई झाड़-फानूस। और चारों दीवारों पर शिकारी कंस के मारे हुए एक से एक खूँखार जंगली जानवरों के सिर। चारों तरफ दीवारों से सटी हुई आरामदेह कुर्सियाँ। कृष्ण ने बीचोबीच कालीन पर अपना दर्भासन बिछाया, उसके ऊपर दरी और उसे ही अपना आवास घोषित कर दिया।

अतिथिशाला तक पहुँचने के पाँच दरवाजे थे, जिन पर द्वारपाल भाला, बर्छा, खड्ग लिये रात-दिन पहरा देते रहते थे। महाराज का आदेश था कि कृष्ण जिससे मिलना चाहें, उसी को उनसे मिलने दिया जाए, किसी अपरिचित को नहीं।

कृष्ण का द्वारपालों को आदेश था कि नन्दगाँव और बरसाने के किसी भी आदमी को रोका न जाए।

जरासन्ध के आक्रमण को कैसे निष्फल किया जाए–इस बात को लेकर इन दिनों अनाधृष्ट, विपृथु, अक्रूर और दूसरे अमात्यों-सेनापतियों के साथ रात-रात भर विमर्श चल रहा था। कृष्ण दिन में आराम करते और रात में बातचीत।

ऐसे ही में दोपहर के समय जब कृष्ण दरी पर विश्राम कर रहे थे, अतिथिशाला के द्वारपाल ने सूचना दी–'राजन्! बरसाने से एक मालन फूलमाला के साथ आपसे मिलना चाहती है।'

'अच्छा, तो मालन मिल लेगी, तुम जाओ अपना काम देखो!' बगल में टोकरी दबाए राधा उससे कहती हुई आगे खड़ी हो गई।

कृष्ण हड़बड़ाकर उठ खड़े हुए। अपनी पीली रेशमी धोती और नीला दुपट्टा ठीक किया। घुँघराले लम्बे बालों में उँगलियाँ फेरीं। चेहरे पर विस्मय और खुशी की चमक के साथ आगे बढ़े–'राधा तुम? मैंने तो कल्पना भी नहीं की थी!'

'मेरा साजन राजन् कब से हो गया कान्हा?' कहते हुए राधा कालीन पर पाँव धँसाकर चलने लगी। दूसरे सिरे पर खड़ी होकर हँसते हुए बोली–'तुझे यहाँ नींद कैसे आती है? न कहीं से गोरस की गन्ध आ रही है, न भूसे की, न गोबर की? चैन से सो लेते हो?'

'पहले यहाँ आओ, बैठो तो! पसीने से लथपथ हो! अँगिया भी भीग गई है, चूनर भी। इधर आओ!' कृष्ण ने उसकी बाँह पकड़ी और दरी की ओर खींचा।

वह उस समय सभाकक्ष की दीवालों को देख रही थी। मुसकराते हुए कहा–'कान्हा, मुझे क्या पता कि तुम इतने बड़े शिकारी हो? इतने ही दिन में दो सिंह मारे, तीन चीते मार डाले, दो बाघ भी, लेकिन ये हिरन? इन बिचारों को नहीं मारना चाहिए था! इनकी आँखें देखो जरा! कितनी सहमी हुई? दया की भीख माँगती हुई? देखो...'

जिस भोलेपन के साथ राधा व्यंग्य-विनोद करती थी, कृष्ण निछावर हो जाते थे उस पर। बोले हँसते हुए–'पहले अपनी यह टोकरी नीचे रखो, फिर यह सब देखो।'

'तुम्हारे सिर पर तो नहीं है न! फिर क्यों चिन्ता करते हो? जानते हो, इसी टोकरी के कारण उसने मुझे मालन समझा था!'

कृष्ण उसकी बात का बुरा नहीं मानते थे। जानते थे कि बातचीत का यह तरीका और आत्मविश्वास राधा के भीतर उनके प्यार से आया था। वह गोकुल की किशोरियों में सबसे लम्बी, गोरी और छरहरी थी। उसके ओठ गद्‌देदार थे। जब वह बोलती या मुसकराती थी, तो दोनों तरफ कोनों पर खड़ी पाई जैसी नन्ही-सी लकीर खिंच जाती थी और उसे और अधिक आकर्षक बना देती थी।

वह कृष्ण को दरी के बीचोबीच ले गई–'हाँ, अब पालथी मारकर चुपचाप बैठ जाओ। ध्यान की मुद्रा में।'

'क्यों?'

'बेकार की बातें नहीं। जो कहती हूँ, करो।'

कृष्ण चुप मारकर, आँखें बन्द कर उसी तरह बैठ गए।

राधा ने फूलों की टोकरी उलटकर धीरे-धीरे फूल उसी तरह गिराने शुरू किए, जैसे वह गगरे का पानी हो। उसने जी-भर फूलों से नहलाया उन्हें।

कृष्ण ने आँखें खोलीं तो अपने चारों ओर कमल, कुईं, गेंदे, जूही, बेलें, जलकुम्भी, कनेर और सरसों के बिखरे फूल देखे। वे भर आए और खड़े हो गए। राधा ने उनके गले में वैजयन्ती की माला डाल दी। भावाकुल हो कृष्ण ने उसे अपनी बाँहों में लिया और देर तक उसका माथा, पलकें, भौंहें, कनपटी, गाल, होंठ, बेदी, गला और कन्धे चूमते रहे।

राधा का पूरा बदन सिहर उठा। वह उत्तेजना में काँप रही थी और कृष्ण हाँफ रहे थे।

‘तुम्हारा मुच्छड़ द्वारपाल तो नहीं आएगा?’ राधा ने फुसफुसाकर पूछा।

‘न आएगा, न किसी को आने देगा।’

राधा का सहसा ध्यान गया कि खपच्चियों वाली टोकरी की कोई खरोंच उनके अँगूठे में धँसी थी और वहाँ खून चुहचुहा आया था। उसने बैठकर अँगूठा पकड़ा और टोकरी को कोसती हुई उसे मुँह में डाला। कृष्ण अधलेटे होकर उसे देखते रहे। राधा ने थोड़ी देर बाद ही पाँव झटककर फेंक दिया–‘बड़े निर्लज्ज हो। एक बार भी नहीं कहा कि चोट-वोट कुछ नहीं है।’

कृष्ण हँसने लगे।

‘चलो इधर।’ राधा ने अपने पैर फैलाए और कृष्ण का सिर अपनी जाँघों पर रख लिया। उनके बालों में पँखुड़ियाँ फँसी थीं। उन्हें जैसे उनके सिर में गूँथती रही। फिर उनके चेहरे को कमल के फूलों से बुहारती रही। फिर उभरी हुई चौड़ी छाती के रोएँ सहलाती हुई बोली–‘कान्हा, कहते हैं घोड़े और औरत के कोई छठी इन्द्रिय होती है, जो होनी के बारे में पहले ही बता देती है। हमारा मन कह रहा है कि यह हमारी अन्तिम भेंट है।’

कृष्ण ने चौंककर अपनी आँखें खोलीं–‘नहीं!’

‘बक-बक नहीं, चुपचाप सुनो।’ राधा ने उनकी दाईं छाती के काले घेरे पर उँगलियाँ फेरते हुए कहा–‘मैं यहाँ चोरी-छुपे नहीं आई हूँ। आई हूँ ढिंढोरा पीटकर। माई-बाबू, बीरन-बहन सबकी आँखों के सामने। बावरी की तरह प्यार किया है मैंने। पूरा गोकुल जानता है इसे। जब से तुम्हारी मसें भीगने लगी थीं तब से। मैंने देखा है, तुम्हें उतने से सन्तोष नहीं था, जो मुझसे मिल रहा था। तुम हठी हो जाते थे, नाराज हो जाते थे, मुँह फुला लेते थे, बोलचाल बन्द कर देते थे। मैं भी स्त्री हूँ, युवती हूँ। मेरा भी मन था। उसकी भी पुकार थी जिसे मैं सुन और समझ रही थी, लेकिन संकोच या डर या क्या–मैंने अपने को भी बरजा और तुम्हें भी।

‘मेरे कान्हा, मैंने सोच लिया है। जब सब कुछ तुम्हें दिया, तो वही, उतना ही क्यों बचा रहे? नहीं चाहती कि कभी तुम्हारे या मेरे मन में यह बात आए कि हमने प्यार तो किया था, लेकिन इतना बचा रह गया। इस बात का न तुम्हें पछतावा रहे, न मुझे! इसी निश्चय के साथ आज तुम हो और तुम्हारी यह राधा है।’

कृष्ण उठकर बैठ गए, एकटक उसे देखते रहे और आवेश और उत्तेजना में उसे अपनी बाँहों में खींच लिया। राधा ने उनकी कलाई पकड़ ली–'लेकिन सुन लो, मेरी एक शर्त है। हम चाहे जो कुछ करें, करें और करेंगे, लेकिन इस राजमहल में नहीं। करेंगे तो जमुना के कछारों में, करील के कुंजों में या तराई में मीलों फैले झूमते सरसों के खेतों में, जहाँ हमारा प्यार जनमा है और फूला-फला है। हमारे मधुर-मिलन के साक्षी रहें तो धरती, हवा, आकाश, बादल। ये बाघों-चीते वाली दीवारें नहीं।'

कृष्ण असमंजस में ठंडे पड़ गए। उन्होंने राधा को छोड़ दिया–'यह कैसे सम्भव है राधे? बाहर निकलना ठीक नहीं अभी। मेरे खून के प्यासे हैं कंस के आदमी, रानियों के सेवक-सेविकाएँ, दुर्ग के बाहर जरासन्ध के गुप्तचर। अभी तो समझ भी नहीं पाया हूँ यहाँ की राजनीति।'

राधा ने प्यार से कृष्ण के सिर पर हाथ फेरा–'देखो कान्हा, मैं कहीं भागी नहीं जा रही हूँ। रहूँगी बरसाने में ही। इन्तजार करूँगी।' फिर हँसकर कहा–'वहाँ कोई शर्त भी नहीं रहेगी। समझा?'

'क्यों? अब नहीं आओगी क्या?'

'नहीं, मैं नहीं आऊँगी। आना होगा तो तुम आना!...उठो तो, जाने से पहले तुम्हें अपनी बाँहों में तो भर लूँ, आँखों में तो बसा लूँ।'

राधा के जाने के बाद कृष्ण ने टोकरी के बगल में ही एक पोटली देखी, जिसमें बरसाने का दही, माखन और ओदन था। ये उन्हीं के लिए लाए गए थे।

'प्रेमयोग की मेरी प्रथम दीक्षागुरु।'

कृष्ण ने उदास होकर सागर की ओर देखा और खुद से कहा।

देखो तो ये कब की बातें हैं?
जैसे पिछले कई कई जन्मों की
कितना आसान है यह कहना कि आत्मा वही रहती है सिर्फ देह बदलती है
पुराने वस्त्र की तरह
यहाँ आत्मा भी बदलती गई और देह भी।

2

रेतीले मैदान का कई चक्कर मारने के बाद
कृष्ण ने थकान महसूस की
इधर कुछ दिनों से उन्हें लग रहा था कि अब वे थक जाते हैं
इससे पहले थकान क्या होती है वे नहीं जानते थे
वे लम्बी-लम्बी साँसें लेते हुए श्यामशिला पर आ बैठे
वे उसी शिला के शिल्प लगते थे जब उस पर बैठते थे।

उनका नीला वर्ण स्याह पड़ चुका था—एकदम सलेटी
उनकी लम्बी सफेद दाढ़ी छाती पर फहराती रहती थी
चौड़े कन्धे झुक गए थे
सिर के बाल घुँघराले नहीं रह गए थे
कानों को ढँके हुए कन्धों पर झूलते रहते थे
खोपड़ी बीच से थोड़ी गंजी हो चली थी
जिस मुसकान के लिए वे जाने जाते थे
वह कुरुक्षेत्र में ही कहीं खो गई थी
उसके बाद से ही कहीं दिखी नहीं
न ओठों पर, न चेहरे पर, न आँखों में
उन्हें नहीं पता चलता था, लेकिन रानियों का कहना था
कि कुछ ऊँचा सुनने लगे हैं
हथेलियों की पीठ पर नसें उभर आई थीं
लेकिन चेहरे पर अब भी वही चमक और दीप्ति और भव्यता थी।

वे परेशान थे रेत पर टहलते-टहलते सोचते हुए
कि अन्तिम बार वंशी कब और कहाँ बजाई थी?
और किसके कहने पर बजाई थी और किस राग में?
उन्होंने वंशी बजाना सीखा था खेल-खेल में
चिड़ियों से, गायों-बकरियों-भेड़ों से,
यमुना की लहरों-हलकारों से, बाजरे-ज्वार के खेतों से,

बादल की गरज और बिजली की चमक से
और पीपल के पत्तों से भी, जिसके नीचे वे बैठते थे
आज उनका एकान्त, एकाकीपन और सागर
वंशी की माँग कर रहा था उनसे
उन्होंने दारुक को भेजा था महल
कि मथुरा से लाए गए सामानों में एक वंशी भी थी
वह देखे—उन्हीं सामान में कहीं न कहीं जरूर होगी।
और वह मिल भी गई—और मिली तो ऐसी
कि कृष्ण रुआँसे हो गए।
वह वंशी नहीं, हाथ भर लम्बे बाँस के दो फट्टे थे
कुचले हुए मुँह वाले
यह वही वंशी थी जो नन्दगाँव छोड़ते समय राधा ने उन्हें दी थी
इस हिदायत के साथ कि अब इसे खोना नहीं।
वही जनम से पहचान थी उनकी और वही मिट गई।
लोग उन्हें जानते थे पांचजन्य से
लेकिन उसकी आवाज उन्हें कभी अच्छी नहीं लगी
उसके स्वर से उन्हें धमकी और धौंस की बू आती थी
देखो तो कैसे एक पहचान मिट गई और दूसरी बन गई।

वे चलते हुए दक्षिण पुष्पदन्त द्वार की दिशा में बढ़ गए
लेकिन कुछ ही दूर जाने पर ठिठक जाना पड़ा
यहाँ से ताड़ों की लम्बी कतार पुष्पदन्त तक जाती थी
जिनके पीछे परकोटे की दीवारें थीं।
कृष्ण कभी अपने रथ को सुबह या शाम ऐन्द्रद्वार से लेकर
पुष्पदन्त तक दौड़ाया करते थे किनारे-किनारे।
वे ताड़ के पेड़ समुद्र में डूब रहे थे
कई जड़ से उखड़कर गिर गए थे
समुद्र की लहरें दीवारों पर थपेड़े मार रही थीं
कृष्ण खड़े-खड़े कभी समुद्र को देखते रहे, कभी परकोटे को
जाने कैसे यह बात उनके दिमाग में आई—

ऐसा तो नहीं कि जिस समुद्र ने द्वारका के लिए
कभी बारह योजन जमीन दी थी
उसे अब वह वापस लेना चाहता है?
मगर क्यों?

'मगर क्यों?' सोचते हुए कृष्ण उस शिला पर फिर आ बैठे
जो लहरों की फुहियों में भीग चुका था
वे एकटक समुद्र को देखते रहे–
उसकी बेखौफ दहाड़, गर्जना, उछाल, लहरों की उठा-पटक
उन्होंने अपनी द्वारका पर नजर डाली और सोचा–ऐसा तो नहीं कि द्वारका उस शिखर तक पहुँच चुकी है
जिसके आगे सिर्फ ढलान है?
'नहीं', उनका मन कह रहा था–'नहीं।'
कृष्ण उद्विग्न थे।
समुद्र में गिरे हुए ताड़ों-खजूरों को देखकर उद्विग्न थे कृष्ण
उनकी आँखें बन्द थीं, लेकिन वे देख रहे थे
चौतरफा समुद्र के बीच कई मंजिलों वाले
विशाल जहाज जैसी द्वारका
और उसकी सबसे ऊँची पहाड़ी पर बना उनका महल जैसे मस्तूल
द्वारका नाच रही है चकरघिन्नी की तरह
सहसा आए किसी तूफान के भँवर में
चौंककर उन्होंने आँखें खोलीं
और चल पड़े महल की ओर

शाम ढल रही थी।

3

कृष्ण महल के आगे आरामकुर्सी पर अधलेटे थे
आँखें बन्द थीं

पीले रंग के उत्तरीय के बीच वक्ष पर पड़ी रंग-बिरंगी मालाएँ
उजास फैला रही थीं।
अभी-अभी उनकी तीन रानियाँ वापस लौटी थीं।
कृष्ण वीतराग हो गए थे।
रनिवास जाना बहुत कम हो गया था।
जिस रानी को भेंट करना होता था,
वह अकेले या टोली बनाकर खुद आ जाती थी।
कृष्ण जानते थे कि भेंट तो बहाना है, असल है शिकायत
अपने बेटों की, नाती-पोतों की।

रानियों के अपने-अपने गुट थे
वे अलग-अलग स्थानों से थीं, जातियों से थीं, संस्कारों से थीं
बाहर भले एक दिखें, लेकिन सब ईर्ष्या-द्वेष-जलन से पीड़ित थीं
किसी को अपने मायके के ऐश्वर्य का गुमान था,
तो किसी को अपने ऊँचे गोत्र का घमंड
किसी को यह कि कृष्ण उन्हें ही सबसे अधिक चाहते हैं
भले ही रुक्मिणी पटरानी कहलाती रहे।
आठ रानियाँ, आठ रंग
अच्छी बात यह कि ये बातें रनिवास से बाहर नहीं आईं।

रानियों में कृष्ण के सबसे ज्यादा मुँहलगी थी सत्यभामा
वह यादव थी सेनापति सत्राजित की बेटी
दिलेर, बहादुर और चुलबुली
घुड़सवारी करना भी जानती थी और रथ का सारथ्य भी।
प्राग्ज्योतिषपुर के युद्ध में कृष्ण के साथ गई थी—निर्भय, निःशंक।
वही लेकर आई थी रुक्मिणी और जाम्बवती को रथ पर
'कैसी हो तुम लोग?' कृष्ण ने पूछा
जवाब सत्यभामा ने ही दिया था—'वैसे ही,
बस देखिए और देखते रहिए,'

शुरुआत की रुक्मिणी ने–

'प्रद्युम्न के दिमाग से यह बात निकल नहीं रही है
कि आपने बाप का कर्तव्य नहीं निभाया।
कहता रहता है हमेशा
कि सौरीघर से ही सात दिनों के अन्दर
आधी रात को शम्बरासुर उठाकर ले गया
और उस आदमी ने जानने की कोशिश ही नहीं की
कि कौन ले गया? कहाँ ले गया? क्यों ले गया?
ऐसा भी कोई बाप होता है क्या?
मैंने जाना ही नहीं कि बचपन क्या होता है?
माँ-बाप का प्यार क्या होता है?
उन्हें जब मेरी फिक्र नहीं तो मैं क्यों करूँ उनकी फिक्र?
मैं जो कुछ हूँ अपने बलबूते हूँ, किसी का अहसान नहीं मेरे ऊपर!
उन्हें 'पुरुषोत्तम', 'जनार्दन', 'जगदीश्वर' जो कुछ होना है
हुआ करें, हमारे ठेंगे पर!'

'सौ बार सुन चुका हूँ यह सब! छोड़ो!' कृष्ण ने झल्लाकर कहा और जाम्बवती से पूछा–'तुम्हें भी कुछ कहना है?'

'नहीं, मुझे कुछ नहीं कहना है!'

'चलो, कम से कम एक तो है, जिसे कुछ नहीं कहना है।'

'लो, अभी तुम साम्ब के बारे में बता रही थीं और यहाँ कह रही हो कुछ नहीं कहना है।' सत्यभामा ने टोका।

कृष्ण ने प्रश्नसूचक निगाहों से जाम्बवती को देखा।

'साम्ब लक्ष्मणा के साथ महल छोड़कर चला गया।' जाम्बवती ने कहा।

'लक्ष्मणा कौन? दुर्योधन की बेटी?' कृष्ण ने पूछा।

'हाँ, उसका काम-धाम में मन नहीं लगता था। बीच-बीच में रोने लगती थी। मेरे प्रति ही नहीं, देवर, जेठ, सभी सासुओं के प्रति उसका व्यवहार बदल गया था। कभी-कभी पागलों की तरह चीखने-चिल्लाने लगती थी कि मैं अपने बाप के हत्यारे के घर नहीं रहूँगी। एक दाना भी हराम है इस घर का। मैं लाख

समझाती रही कि जो कुछ किया, भीम ने किया। उसमें तुम्हारे ससुर का कोई हाथ नहीं, लेकिन वह मानने को तैयार नहीं। कहती है कि दूसरे झूठ बोल सकते हैं, बलराम बाबूजी झूठ नहीं बोल सकते। उन्होंने साम्ब से भी कहा था यह।'

'छोड़ो यह सब, यह बताओ कि द्वारका छोड़कर तो नहीं गई? यहीं है न!' कृष्ण ने पूछा।

'है यहीं, लेकिन सभी गौवें ले गई। अब कोई नहीं बची है हमारे बच्चों के लिए।'

'चिन्ता मत करो। गोपालक से बोल दूँगा। जितनी गायें हों, ले जाना।' कृष्ण अब सत्यभामा की ओर मुड़े–'अब तुम भी कह जाओ, जो कहना हो।'

सत्यभामा मुसकराई–'बड़े कृपालु लग रहे हो, क्या बात है?'

सत्यभामा जैसी थी, वैसी थी और यही कृष्ण को अच्छा लगता था। वह प्रायः गोपों की तरह मर्दाने वेश में निकल पड़ती थी, बगैर किसी साज-सिंगार के।

कृष्ण दाढ़ी पर हाथ फेरते हुए उसे देखते और मुसकराते रहे।

उन्हें अपना यौवन याद आया।

'हाँ, तो बोलो, तुम्हारा क्या है?'

'मेरा कुछ नहीं है, जो है भद्रकार का है।'

'यह भद्रकार कौन?'

'लो इनका सुनो! जब तुम्हें नाम ही पता नहीं तो इतने बेटे क्यों पैदा किए? लोग सुनेंगे, तो क्या कहेंगे? सत्या का बेटा है यह। अब यह मत पूछना कि सत्या कौन है?' सत्यभामा हँसने लगी। 'तो सुनो, तुमने प्राग्ज्योतिषपुर से लाकर सोलह हजार रंडियों की जो बस्ती बसाई है, उन्हीं में से तीन छोकरियों को लेकर भाग गया है। कहाँ गया है, यह किसी को नहीं पता। सत्या रो-रोकर जान दे रही है।'

कृष्ण गम्भीर हो गए। ये द्वारका के लिए अनहोनी घटनाएँ थीं।

सत्यभामा ने उन्हें चुप देखकर कहा–'अगर कहो तो मैं उसे ढूँढ़ निकालूँ। सिर्फ मुझे चुने हुए पचीस-पचास योद्धा दे दो। तुम्हारे साथ रह के इतना तो

सीख ही लिया है कि कोई गुफा या खोह में भी हो, तो उसे बाहर कैसे निकाला जाए। अधिक से अधिक वह आस-पास के किसी जंगल या पहाड़ में ही होगा और कहाँ जाएगा?'

'नहीं, छोड़ दो उसे। और हो सके तो जाओ तुम लोग। मुझे एकान्त चाहिए।'

4

लेकिन कृष्ण के भाग्य में एकान्त नहीं रह गया था।

जैसे ही उन्होंने शंखोद्धार के लिए रानियों को विदा किया, वैसे ही गुप्तचर आ धमका।

'यदि कुछ विशेष न हो तो बाद में आना।'

वह सिर झुकाए वैसे ही खड़ा रहा।

कृष्ण समझ गए कि कुछ विशेष है।

वे लौटे और फिर आरामकुर्सी पर अधलेटे हो गए–'हाँ, बताओ।'

'राजन्, मामला बड़ा गम्भीर हो गया है। आज सबेरे यदुवंशियों और भोजवंशियों के बीच बलवा हो गया। तीन लोग इधर से मारे गए हैं और पाँच लोग उधर से। दुश्मनी बड़ी पुरानी थी। आपने ही उसे सुलझाया था। यदुवंशियों की जो दस गायें गायब हुई थीं, उन्हें सन्देह था कि यह काम भद्रवाह का है। यह बात आई-गई हो गई थी। लोग भूल गए थे। मेल-मिलाप था, उठना-बैठना था, खान-पान था, लेकिन परसों ऐसा हुआ कि भद्रवाह की नाबालिग बेटी लक्षणा का अपहरण कर लिया कुछ लोगों ने और नाव से समुद्र पार प्रभास ले गए। कहते हैं पाँच छोकरे थे। उन्होंने उसके साथ बलात्कार किया और हत्या भी कर दी।

'उसकी लाश कल शाम समुद्र के किनारे मिली।

'रात से ही झगड़ा शुरू हो गया दोनों कुलों के बीच। गाली-गलौज, मारपीट तो चलती रही, लेकिन सुबह होते-होते यह कांड हो गया।'

कृष्ण चुपचाप सुनते रहे। भद्रवाह उनके मित्र थे–गोकुल के दिनों से ही। वे जानते थे कि वह निर्दोष हैं। कुछ चुराने या भगाने जैसा काम वे कर ही नहीं

सकते। उनके बेटे जरूर शरारती थे। अपने भोजवंशी होने की अकड़ उनमें थी, लेकिन ऐसी घटना द्वारका में कभी नहीं हुई थी। अपहरण जब भी हुआ विवाह के लिए हुआ और यह क्षत्रियोचित कर्म समझा जाता था, चोरी-छुपे का नहीं लेकिन यह बलात्कार?

वे अधलेटे से उठ बैठे। पांचजन्य—जिसकी ध्वनि से धरती काँपने लगती थी, पहाड़ हिल उठते थे, समुद्र किनारा छोड़कर भाग खड़ा होता था, या तो मृत पड़ा था या उसमें इतनी प्राणशक्ति नहीं बची थी कि बज सके। गरुड़ध्वज रथ और सुदर्शन चक्र लौट चुके थे। रह गए थे—गुरु संदीपन का दिया अजितंजय धनुष और बाबा नन्द का दिया पुश्तैनी नन्दक खड्ग लेकिन ये उठाएँ भी तो किसके लिए? दोनों कुल अपने। जितने अपने भद्रबाहु, उतने ही अपने शतरूप।

'बलात्कार'—शब्द उनके कानों में गूँज रहा था और वे काँप रहे थे क्रोध से। जानते थे कि शाम तक बलात्कारियों के वध की सूचना उन्हें मिल जाएगी। समस्या दूसरी थी—जिन यादव कुलों को मथुरा से लेकर वे आए थे, उनसे क्या कहें? उनकी आँखों के आगे छत्तीस वर्ष पहले रथ पर बैठा वह अर्जुन याद आ रहा था, जिसके हाथ से गांडीव गिर गया था—पितामह, गुरु, मित्र, भाइयों, चाचाओं, मामाओं और रिश्तों-नातों को देखते ही। उन्हीं के उपदेश ने फिर से अर्जुन को गांडीव उठाने के लिए बाध्य किया था।

उपदेश देना कितना आसान है—उन्हें अहसास हो रहा था।

कृष्ण की नजर बार-बार उस दूसरे गुप्तचर की ओर जा रही थी, जो देर से कुछ दूर खड़ा था और अपनी बारी का इन्तजार कर रहा था।

उन्होंने इसे विदा किया और उसे बुलाया—'कहो, तुम्हें क्या कहना है?'

कुछ हिचकिचाने के बाद उसने शुरू किया—'सुधर्मा के विश्राम कक्ष की घटना है यह। आज सुबह चारुदेष्ण (कृष्ण का पुत्र) और सेनापति कृतवर्मा शतरंज खेल रहे थे। चारुदेष्ण उनका मजाक उड़ाते हुए बोल रहे थे कि कैसे योद्धा हो तुम, मुझे आज तक पता ही नहीं चला। जबकि सारी दुनिया जानती है कि चारुदेष्ण जब किसी अभियान पर निकलता है, तो उसके साथ आसमान में हजारों-लाखों कौवों, चीलों, गिद्धों की कतार चलती है—चलो, नोचने-खाने

के लिए लाशें बिछी मिलेंगी।'

'इस तरह से बातें शुरू हुईं और यहाँ तक आकर ठहर गईं कि द्वारका का अगला युवराज कौन होगा?' यह चारुदेष्ण ने कृतवर्मा से पूछा।

'इसका अभी प्रश्न ही कहाँ उठता है? द्वारकाधीश और युवराज स्वस्थ-प्रसन्न हैं, यही हमारे लिए सम्मान और गौरव की बात है।'–कृतवर्मा ने कहा।

चारुदेष्ण ने जिद पकड़ ली कि नहीं बताओ।

कृतवर्मा ने कहा–'निशठ!'

'निशठ क्यों?'

'इसलिए कि निशठ युवराज का पुत्र है और ज्येष्ठ भी!'

चारु ने निशठ को गालियाँ दीं–'वह डरपोक है, कायर है। उसकी तुलना में प्रद्युम्न जगत्-विख्यात योद्धा है, वीर है, सुरूप है...।

खीझकर कृतवर्मा ने कहा–'देखो, इस तरह की बातें तुम्हें नहीं कहनी चाहिए। द्वारकाधीश और युवराज तो सौतेले भाई हैं। मैंने बचपन से उन्हें देखा है। उनका प्रेम, लगाव, एक-दूसरे के लिए त्याग सीखने की चीज है। इससे कुछ सीखो।'

इतना सुनने के बाद चारुदेष्ण ने कृतवर्मा को चाँटा मार दिया।

कृतवर्मा कुछ नहीं बोले, उठकर चुपचाप चले गए।

कृष्ण शाम को तट पर टहलने नहीं गए।

उन्होंने कुलगुरु गार्ग्य मुनि को बुलवाया।

गार्ग्य मुनि को पालकी में लाया गया था। वे बहुत बूढ़े हो गए थे। ऊँचा सुनते थे और आँखों से कम दिखाई पड़ता था। कमर झुक गई थी। कृष्ण सहारा देकर तख्त पर ले गए।

कृष्ण के कुछ बोलने के पहले ही हाँफते हुए मुनि ने कहा–'राजन्! मैं कई दिनों से परेशान था आपसे कुछ निवेदन करने के लिए। अच्छा किया, जो बुलवा लिया। मुझे कुछ नहीं देखना है, सब कुछ देख लिया है। बड़े बुरे दिन आने वाले हैं द्वारका के। आपके महल के बाहर गरुड़द्वार पर मैंने कलिकाल को खड़ा देखा है। वह महल के खाली होने का इन्तजार कर रहा है कि आप इसे छोड़ें और वह इसे दखल करे। इससे अधिक क्या कहूँ?'

'नहीं गुरुदेव! और स्पष्ट करें इस बात को।'

'देखिए, इस समय द्वारका के आकाश में वे ही ग्रह-नक्षत्र इकट्ठे हो रहे हैं जो हस्तिनापुर के आकाश में आज से छत्तीस साल पहले जुटे थे, जिनकी वजह से कुरुक्षेत्र का महाभारत हुआ था। ग्रहों की गतियाँ बताती हैं कि आगे आने वाले महीने में चतुर्दशी की ही रात अमावस्या होगी। ऐसा तब भी हुआ था।'

'और कुछ?'

'नहीं, अब मुझे आज्ञा दें। देर तक बैठा नहीं जाता, जाऊँगा।'

कृष्ण ने मुनिवर को दान-दक्षिणा देकर विदा किया और यादवों के कुल-प्रमुखों की सभा बुलाई।

सभा में उन्होंने ये बातें खुलकर बताईं। कहा कि जिस नैतिकता, मूल्यों, अनुशासन, प्रेम, सौहार्द के लिए द्वारका की ख्याति रही है, वह आज संकट में है।

हमारा धर्म है कि उसे किसी तरह से बचाएँ, द्वारका गणराज्य की हमारी क्या संकल्पना रही है और कितनी मुसीबतों से लड़ते हुए हमने अपने सपने को साकार किया है, स्वर्ग बसाया है—बच्चों को इसकी जानकारी दें।

प्रमुखों ने जैसे ही अपने बेटे-बेटियों-बहुओं की स्वेच्छाचारिता, उद्दंडता, मनमानेपन की बात शुरू की, वैसे ही कृष्ण की दृष्टि सामने बैठे सेनापति कृतवर्मा पर गई—'सबसे पहले तो कृतवर्मा से मैं क्षमा-याचना कर रहा हूँ। जो आप लोग कह रहे हैं, वह आपके ही नहीं, मेरे भी बेटों की स्थिति है। हमारे सेनापति कृतवर्मा जगत्-प्रसिद्ध योद्धा और कुशल खड्गधारी हैं। इनके साथ चारुदेष्ण ने जैसा आचरण किया, वह निन्दनीय है। इन्होंने उसका सिर धड़ से अलग कर दिया होता, तो मुझे खुशी हुई होती। मैंने उसे तीन बार अपने सामने उपस्थित होने का आदेश दिया, लेकिन उसने अवज्ञा की। इससे मैं आपके बेटों के बारे में भी अनुमान लगा सकता हूँ। हमारे संस्कार ऐसे नहीं थे। हम सम्बन्धों की गरिमा जानते थे, यह भी जानते थे कि क्या उचित है और क्या अनुचित? ये बातें खत्म हो रही हैं अब। ऐसा क्यों है—हमें यही सोचना है।'

इस पर सभी प्रमुखों ने अपने विचार व्यक्त किए, जिनमें दो बातें उभरकर सामने आईं। इन दोनों पर कृष्ण ने अपनी राय दी।

'देखिए, जहाँ तक प्राग्ज्योतिषपुर की युवतियों का प्रश्न है, आपमें से कई लोग उस युद्ध में मेरे साथ थे। वे मुक्त होने के बाद बेसहारा हो गई थीं। कहाँ जातीं? न उनके माँ-बाप पूछने वाले थे, न सास-ससुर। मैंने आप सबसे बात करके, सबकी सलाह से द्वारका की नागरिकता दी। वे यहाँ शरणार्थी हैं। मनुष्यता का भी यही कर्तव्य था कि उन्हें पशुओं की तरह जंगल-झाड़ में न छोड़ें। अब तो वे शरणार्थी नहीं, हमारे-आपके जैसे नागरिक हैं। द्वारका पर उनका वैसा ही हक है, जैसे हमारा। उन्हें बाहरी समझना भूल है। जैसे हमारी औरतें घर के काम-काज देखती हैं, गायें चराती हैं, खेत-बारी देखती हैं, अपना कमाती-खाती हैं, वैसे ही वे भी करती हैं। अपने लिए किसी का मुँह नहीं देखतीं। अच्छे-बुरे लोग हर जगह होते हैं और उनमें भी होंगे। और हम उन्हें ही दोष क्यों दें, अपने बेटों को क्यों न दें?

'रही बात मदिरापान करके बहकने, गाली-गलौज करने, मारपीट करने की, तो हम यह कर सकते हैं कि अपने घरों में मदिरा तैयार करना रोकें, भट्ठियाँ न जलने दें, मादक वस्तुओं से घरों को बचाएँ। हाँ, समुद्र पार से जो मदिरा के पीपे के पीपे चोरी-छिपे आते हैं, उनके लिए मैं युवराज से बात करूँगा। उन पर भी अंकुश लगाना जरूरी है।'

इस तरह प्रमुखों की सभा आधी रात तक चलती रही।
कृष्ण निश्चिन्त हुए और अपने शयनकक्ष में चले गए।

लेकिन यह निश्चिन्तता बहुत देर तक नहीं रह सकी।
वे इस चिन्ता में घुलने लगे कि
जिस लोकराज्य और गणराज्य के लिए
वे जीवन भर राजतन्त्रों के खिलाफ लड़ते रहे
उस गणराज्य की अपनी मुश्किलें हैं, अपनी समस्याएँ हैं
और उनका समाधान अगर है तो उन्हीं के पास
जो उन्हें खड़ी कर रहे हैं।
लेकिन इतना ही वे समझ सकते तो खड़ी क्यों करते?

और अब देखो,
उन्हीं में वे भी शामिल हो गए हैं, जो उनकी अपनी सन्तानें हैं।
अपनी सन्तानें,
इससे ज्यादा भयावह और आत्मघाती
और क्या हो सकता है?
कृष्ण निश्चिंत थे लेकिन नींद नहीं आई, सो, नहीं आई।

5

गायों के बाद कृष्ण का सबसे प्रिय पशु था तो घोड़ा
घोड़े के बाद हिरन और फिर खरगोश
पक्षियों में मयूर

ये हिरन, खरगोश और मोर उनके महल परिसर में निर्बाध विचरण करते रहते थे। कभी-कभी उनके पीछे-पीछे समुद्रतट तक चले जाते थे। मोर तो उनके चाल की नकल करते हुए उनके पीछे घूमते रहते थे।

उस शाम जब कृष्ण जा रहे थे, कोई भी नहीं गया। वे रेत पर देर तक टहलने के बाद श्यामशिला पर आ बैठे थककर। हवा तेज चल रही थी और सूखे पत्ते उड़-उड़कर आ रहे थे और उनके सिर और दाढ़ी के बालों में उलझ रहे थे।

'महाराज!'

कृष्ण मुस्कराए। यह दारुक था जो मनचाहे सम्बोधनों से उन्हें बुलाता रहता था—कभी दादा, कभी भगवन्, कभी राजन्, कभी कुछ।

'हाँ, दारुक! कहो।' बगैर पीछे देखे उन्होंने पूछा।

'महाराज! एक विचित्र आदमी आया है—एकदम जर्जर। बूढ़ा। मैले-कुचैले कपड़ों में। भिखमंगा की तरह। वह सबेरे से ही द्वारका की सड़कों और गलियों में घूम रहा था। हर भवन और मकान को देखता था और बड़बड़ाता रहता था। थोड़ी देर पहले ही महल के द्वार पर जब आया, द्वारपाल रोकते रहे, लेकिन उन्हें धक्के देकर अन्दर आ गया। कुछ समय हिरनों के पीछे भागता रहा, फिर खरगोशों को पकड़ने की कोशिश की, फिर मोरों के साथ खेलने

लगा। अन्त में सरोवर में कूद गया और सारे कमल उखाड़कर फेंक दिए। इस समय उन्हीं भीगे कपड़ों और कीचड़ सने पैरों के साथ गठरी की तरह आपकी आरामकुर्सी में सो रहा है।'

'कोई ऋषि या तपस्वी तो नहीं है?'

'महाराज! ऋषि-तपस्वी तो पहचान में आ जाते हैं।'

'तुमने पूछा नहीं कि कौन हैं आप?'

'पूछा तो उसने ऐसे क्रोध से मेरी ओर देखा, जैसे भस्म कर देगा।'

कृष्ण व्यग्र हो उठे—थोड़े चिन्तित, थोड़े परेशान। उन्होंने दुर्वासा के बारे में सुना जरूर था, देखा नहीं था। वे अन्य ऋषियों से भिन्न महाक्रोधी थे। उनका कहीं भी जाना अमंगल सूचक माना जाता था। सभी देवी-देवता उनसे थर-थर काँपते थे। वे किस बात पर प्रसन्न होंगे और किस बात पर नाराज, कहना मुश्किल था। वे वरदान कम, शाप ही अधिक देते थे। कोई नहीं चाहता था कि वे उसके यहाँ दिखाई पड़ें। वे जहाँ-जहाँ गए, कुछ न कुछ अनिष्ट ही करके आए।

कृष्ण को लग गया कि कुछ अनहोनी होनी है।

उन्होंने तत्काल दारुक को हिदायतें दीं—'सभी नौकरों-चाकरों, सेवक-सेविकाओं से कह दो कि कोई भी उनका प्रतिवाद न करे, वे जो भी कर रहे हों, करने दिया जाए, उनकी हर इच्छा पूरी की जाए, उनके काम में रोक-टोक न की जाए।...और तुम दारुक, तुरन्त रथ लेकर जाओ, रुक्मिणी को ले आओ। जब तक दुर्वासा रहेंगे, उनका आतिथ्य उनके जिम्मे। कह देना।'

कृष्ण ने दुर्वासा को 'अतिथि-कक्ष' में ठहराया। महल का सबसे सुन्दर, भव्य, सजीला कमरा। शीशे की खिड़कियाँ। शीशम का भव्य पलंग। मखमल के गद्दे। शानदार कालीन बिछा फर्श। तरह-तरह के फलों से भरे सोने के थाल। खिड़की खुले तो सामने समुद्र। महल के सारे कमरे खोल दिए गए थे, वे जहाँ जिसमें जाना चाहें, जाएँ, देखना चाहें, देखें। नौकर-चाकर-रसोइये उनके कमरे से थोड़ी दूरी बनाकर बैठे रहते कि कब क्या फरमाइश कर बैठें?

ब्रह्म-मुहूर्त में जगने के बाद द्वारकाधीश अपनी पटरानी के साथ उनका चरण-स्पर्श करते और रात में चरण-स्पर्श के बाद ही सोने जाते।

दुर्वासा कृष्ण पर कृपा करके दस-पन्द्रह दिन रहे और जाने के पहले महल को खंडहर बना गए।

कैसे? सुनिए–

- पहले ही दिन वे महल की शीशे की सारी खिड़कियाँ तोड़ते रहे–कुछ हथौड़े से, कुछ ईंट-पत्थर से।
- जितने दरवाजों को उखाड़ा जा सकता था, उखाड़ डाले।
- संग्रहालय में रखी गोकुल, मथुरा, द्वारका की अनमोल वस्तुएँ और धरोहरें उठा-उठाकर जंगल में जहाँ-तहाँ फेंक आए।
- वे अपने चिरकुट लिबास में या कभी नंगे बड़बड़ाते, रोते, हँसते, गुनगुनाते महल और महल के बाहर घूमते या नाचते रहते।
- इसी घूमने-नाचने में उन्होंने दो बारहसिंगों की सींगें और एक खरगोश के कान उखाड़ डाले। संयोग से कोई हिरन उनके हाथ नहीं आया।
- एक दिन लोगों ने उनके कमरे से धुआँ उठता देखा। झाँककर देखा तो कालीन, गद्दे, तकिए, पलंग–सभी में आग लगी थी। वे कमरे में कहीं नजर नहीं आए। सब जल जाने और धुआँ कम हो जाने के बाद देखा तो उसी कमरे के एक कोने में फेंके चिथड़ों के गट्ठर की तरह सोए दिखाई पड़े।

जाने के दिन उन्होंने खीर खाने की इच्छा जाहिर की।

कृष्ण ने तत्काल खीर की थाल मँगवाई।

उन्होंने थोड़ी-सी खीर खाने के बाद कृष्ण की ओर देखा, कहा–'अपने कपड़े उतारो।'

बूढ़े कृष्ण थोड़ा सकुचाए, फिर कपड़े उतार दिये।

'वह लँगोट भी।' डाँटकर दुर्वासा ने कहा।

'हाँ, ठीक! अब अपनी देह पर यह खीर पोतो। ध्यान रखना, कोई अंग छूटे नहीं।'

जब तक कृष्ण खड़े-खड़े खीर पोतते रहे, दुर्वासा सिर झुकाए बैठे रहे।

जब सिर से लेकर अँगूठों तक खीर पुत चुकी, तब उन्होंने खाँसकर ऋषि को संकेत किया।

दुर्वासा ने कहा–'रुक्मिणी को बुलाओ।'

रुक्मिणी आई और नंग-धड़ंग सफेद कृष्ण को देखकर भय से सिहर उठी।

'सब कपड़े उतारो!'

रुक्मिणी ने आभूषणों के साथ ही साड़ी, ब्लाउज, अँगिया, साया सब उतार दिया।

दुर्वासा ने अपने हाथों से उसके पूरे शरीर पर खीर पोतकर कहा—'छकड़ा मँगाओ!'

शकट मँगवाया गया। दुर्वासा सामने से नौकरों-चाकरों को हटाते हुए छकड़े के पास पहुँचे, बैल की जगह रुक्मिणी के कन्धे पर जुआ रखा, चाबुक के साथ छकड़े पर बैठे और रुक्मिणी के कन्धे पर चाबुक मारते हुए चीखकर कहा—'दक्षिणद्वार पुष्पदन्त की ओर चलो!'

दक्षिणापथ के दोनों ओर द्वारकावासियों की अपार भीड़। बूढ़े, बच्चे, जवान, औरतें भी। आँखें फटीं। साँसें टँगी।

छकड़े के पीछे दौड़ते-ठिठकते, बूढ़े, नंगे, पहचान में न आने वाले सफेद द्वारकाधीश। बैल की जगह उसमें जुती अधेड़, खीर में नहाई, चाबुक की मार खाती, नंगी पटरानी रुक्मिणी। छकड़े को हाँकता यज्ञोपवीत पहने मरियल, हड्डियों का ढाँचा—दुर्वासा। रुक्मिणी से छकड़ा खिंच नहीं रहा था। सत्यभामा यादव थी, जाम्बवती आदिवासी थी। वे कर्मठ और मेहनती थीं। वे होतीं तो खींच ले जातीं, लेकिन रुक्मिणी क्षत्राणी थी। राजा की बेटी थी। न मायके में अपने हाथ से गिलास या कटोरा उठाया था, न द्वारका में। दोनों जगहें ऐसे कार्यों के लिए नौकर-चाकर थे। वह बीच-बीच में रोती हुई ठिठक जाती और फिर कन्धे या पीठ पर 'सटाक्'। कृष्ण अपराधी की तरह कभी दौड़ते थे, कभी हाँफते थे, कभी चलने लगते थे। रास्ते भर उनका न कभी सिर उठा, न आँखें।

द्वारका अपने 'ईश्वर' की ऐसी-तैसी होते देखती रही—अवाक् और असहाय।

गाड़ीवान दुर्वासा ने पुष्पदन्त द्वार के पहले ही जंगल की ओर गाड़ी मोड़ दी।

थोड़ी दूर जाकर दुर्वासा छकड़े से उतरे, रुक्मिणी के कन्धों से जुआ हटाया और कृष्ण के आने का इन्तजार किया।

'कृष्ण! लौटोगे तो महल को वैसा ही पाओगे, जैसा मेरे आने से पहले था।' दुर्वासा बोले—'तुमने खड़े-खड़े सारे बदन में खीर लगाई, तलवा वैसे ही रह गया था। तुम्हारी मृत्यु उसी तलवे में है। एक सामान्य आदमी जैसी मृत्यु।

और रुक्मिणी। तुम्हारी देह से सुगन्ध आती रहेगी और सौन्दर्य अक्षुण्ण बना रहेगा।...अब हम चलते हैं।'

और वे जंगल में गुम हो गए।

कृष्ण जितेन्द्रिय थे, स्थितप्रज्ञ थे, जयाजय से परे थे
लेकिन इस एक घटना ने उनकी नींद छीन ली।
यह आदमी क्यों आया था?
क्या साबित करना चाहता था सबके सामने?
किसकी दिलचस्पी होती है यह जानने में कि
वह कैसे मरेगा? कहाँ से मरेगा?
और यही बताना था तो सरेबाजार नंगा करके
घुमाने की क्या जरूरत थी?
क्यों आया था?
क्या यह जताने आया था कि देख लो अपनी औकात
हम हैं जो तुम्हें ईश्वर बना सकते हैं
तो मटियामेट भी कर सकते हैं?

और रुक्मिणी?
उसका क्या अपराध था उनकी पटरानी होने के सिवा?
और उन्हीं का क्या अपराध था?
पन्द्रह दिन तक रात-दिन लगकर सेवा करना
आवभगत करना, सर-आँखों पर बिठाए रखना
क्या अपराध है?
आप ब्राह्मण हैं इसलिए अवध्य हैं
आपने अपने लिए शाप या वरदान देने की
एक ऐसी शक्ति रख ली है
जिसकी काट सृष्टि में किसी के पास नहीं है
न उसका कुछ खड्ग बिगाड़ सकता है, न तीर-धनुष।
यह कैसी मानव-संहिता बनाई है मुनिवर?

उन्हें बार-बार कौरवों की वह सभा याद आ रही थी,
जिसमें द्रौपदी का चीरहरण हो रहा था
एक वे दिन थे जब वे अनुपस्थित रहते हुए भी
सारा कुछ देख लेते थे, सुन लेते थे
एक आज है कि उनकी पत्नी उन्हीं की आँखों के आगे
नंगी की जा रही है और नंगी भी अपने नगर में
पशु की तरह हाँकी जा रही है और
वे नंग-धड़ंग उसके पीछे भाग रहे हैं।

तब से न रुक्मिणी उनके सामने आई
न उनकी हिम्मत हुई उसके आगे पड़ने की।
उन्हें पछतावा हो रहा था तो यह कि क्यों नहीं कहा–
छकड़े में जोतना है तो मुझे जोत लो, रुक्मिणी को क्यों?
क्यों नहीं कहा कि
गाय कहीं नहीं जोती जाती महाराज,
जोतना ही है तो लो, ये रहे मेरे कन्धे

कृष्ण उद्विग्न थे। कई दिन से समुद्र तट नहीं गए थे
किसी से भेंट भी नहीं की थी इस बीच
रात हो गई थी, वे शयन-कक्ष से निकले और छत पर चले गए
चाँदनी छिटकी हुई थी। वे वहीं छतरी के नीचे हिंडोले पर बैठ गए
पलकें बोझिल थीं और मन बेचैन
समुद्र की हवा उन्हें अत्यन्त सोंधी और सुहानी लगी
उनके शरीर में सिहरन होने लगी
वे हिंडोले के पटरे पर जैसे ही लेटे,
दूर से आती हुई वंशी की धुन सुनाई पड़ी
ऐसी मीठी धुन बपचन में वह भी बजाते थे
जिसे सुनकर गोकुल की गोपियाँ काम-काज छोड़कर दौड़ पड़ती थीं
द्वारका में यह कौन है, जो बजा रहा है–
सोचते हुए उन्हें झपकी आ गई।

उसी झपकी में—नींद के झोंके में उन्होंने एक सपना देखा
देखा कि हिलोरें मारता समुद्र
सहसा हरी-भरी घासों का समतल मैदान हो गया है
फिर वह धीरे-धीरे मरुस्थल हो गया है और उस पार से
बालू के लाल-लाल बगूले उड़ने लगे हैं फिर वे बगूले मिलकर
बवंडर की तरह नाचते हुए आसमान तक उठते हैं और
ऐन्द्रद्वार के आगे कत्थई रंग के पत्थरों के पहाड़ बन जाते हैं
कृष्ण ने आँखें मिचमिचाकर ध्यान से देखा—
वे पत्थर नहीं हैं, खून से सनी लाशें हैं—
आदमियों की, हाथियों और घोड़ों की
पहाड़ इतना ऊँचा है कि उसे सिर उठाकर नहीं,
लेटकर ही देख सकते हैं।
कृष्ण लेटकर देखते हैं कि पहाड़ के शिखर पर एक आदमी बैठा है
बैठा नहीं, खड़ा है त्रिभंगी मुद्रा में
और शंख फूँक रहा है
वंशी की धुन उसी शंख से निकल रही है, जो
अब बहुत पास आ गई है।
कृष्ण को पहचानते देर नहीं लगी,
लाशों के पहाड़ पर खड़ा आदमी कौन है?
वे झटके से उठे और अपने कमरे में आए

मशाल जल रही थी।

।। पाँच ।।

इन्हीं दिनों एक घटना हो गई।

बात खेल-खेल और हँसी-मजाक की, लेकिन वह हादसा साबित हुई।

कृष्ण के अस्सी बेटों में से एक साम्ब। साम्ब, उनकी आठ रानियों में से एक जाम्बवती से उत्पन्न। जाम्बवती आदिवासी जनजाति मूल की रही हो या न रही हो, 'जंगली' और 'असभ्य' होने के कारण क्षत्रिय रानियों के बीच हेय दृष्टि से देखी जाती थी, लेकिन कृष्ण को प्रिय थी।

साम्ब उसी महीने पैदा हुआ था, जिस महीने रुक्मिणी के बेटे प्रद्युम्न को सौरीघर से शम्बरासुर उठाकर भाग गया था। इसके संस्कार अन्य राजकुमारों से अलग थे। गोरा-चिट्टा, सुन्दर, गठीला और सजीला जवान। उसे अस्त्र-शस्त्र की शिक्षा ताऊ युवराज बलराम ने दी थी। वह उन्हीं के ज्यादा निकट भी था। कुशल योद्धा होने के साथ मस्त और मनमौजी स्वभाव का था। नकल उतारना, स्वाँग रचना, अभिनय करना, गौवें चराना, सभी ग्वाल-बालों के साथ दोस्ती गाँठना, खेल-कूद के नए-नए तरीके ढूँढ़ निकालना उसका प्रिय शगल था। इन्हीं कारणों से वह यादव युवकों में लोकप्रिय था। एक और अच्छी बात यह थी कि उसे द्वारकाधीश के पुत्र होने का कोई घमंड नहीं था।

लोगों को चिढ़ाने-तंग करने में उसे मजा आता था।

अर्थात् उसमें वे सारी खूबियाँ थीं, जो उसके बाप के बचपन में थीं।

और यही उससे गलती हो गई।

उसने यादव युवकों के साथ योजना बनाई कि आज वे गायों के साथ उस पार चलेंगे। पिंडारक क्षेत्र के जंगलों में। वे हफ्ते-दस दिन में एक बार जाते ही थे।

तो जाएँगे, खेलेंगे-कूदेंगे, दोपहर को उधर ही अहरे पर खीर पकाएँगे, झरने पर नहाएँगे, गायों को चरने के लिए जंगल में छोड़ देंगे और हो सका तो शाम को लौटेंगे।

गायों के झुंड के साथ वे पहुँचे। जंगल में घुसते ही गायों ने अपनी डगर पकड़ ली—अपने आप। उन्हें पता था कि कहाँ जाना है।

साम्ब, सारण, बभ्रु, क्रोद, लल्ली, गालव, विभ्राट, प्रतोद, सुवर्ण तपोवन के पास वाले रास्ते से आगे बढ़े और झरने के पास जाकर ठिठक गए। झरने के ऊपर एक पुराना बरगद का पेड़ था, जिसकी जटाएँ दोनों किनारों पर फैली हुई थीं। बन्दर बरोह पकड़कर झूल रहे थे—इस पार से उस पार। बन्दरों को भगाकर साम्ब की मंडली कुछ देर यही खेल खेलती रही। फिर साम्ब और सारण वहाँ से खिसक आए और उस इमली के पेड़ का चक्कर लगाने लगे, जिसके अगल-बगल महुए के पेड़ थे। साम्ब ने पैर से एक जगह जमीन थपथपाई और सारण को आवाज दी—'यहाँ देखो! पिछली बार यहीं गाड़ा था हम लोगों ने!' सारण ने फेंटे से खुरपी निकाली और खोदकर सावधानी से एक बड़ा मटका बाहर खींचा।

'दूसरे की जरूरत तो नहीं पड़ेगी?'

घड़े को उठाकर हिलाते और तौलते हुए सारण ने कहा—'नहीं यार, कितना पिएँगे लोग?'

'तो मैं एक काम करता हूँ।' साम्ब ने सारण से खुरपी लेते हुए कहा—'उस जगह के ऊपर की घास छील देता हूँ, जहाँ दूसरा मटका है ताकि अगली बार ढूँढ़ने में इतनी परेशानी न हो।'

साम्ब ने उस जगह की तजवीज की, जहाँ वह गड़ा था। वहाँ घास उग आई थी। वह सतह की घास साफ करने लगा।

इसी बीच विजयोल्लास से चीखते-चिल्लाते पीछे से आते हुए इन्होंने मित्रों को देखा। देखा कि बभ्रु के हाथ में उल्टा टँगा हिरन है। उसका सिर लटक गया है। अगली टाँगें बभ्रु के हाथ में, पिछली प्रतोद के हाथ में। पीछे आ रहे मित्रों के कन्धों पर सूखी लकड़ियाँ हैं। वे बभ्रु के निशाने की तारीफ कर रहे थे।

'आज तो मजा आ गया साम्ब!' सारण बोला।

'हाँ यार!' साम्ब ने हामी भरी—'दूध-दही खाते-खाते मन खट्टा हो गया था।'

अचानक साम्ब खुरपी फेंककर उनकी तरफ दौड़ा।

'देखो बभ्रु, इसकी खाल मैं लूँगा और कोई नहीं।'

'क्यों?' एक महुए की झुकी डाल के नीचे हिरन को रखते हुए बभ्रु ने पूछा।

‘उसी पर बैठकर मैं भोग-योग करूँगा।’

इतना सुनते ही सभी यादवों ने जोरदार ठहाका लगाया।

‘यार!’ सारण ने हँसते हुए कहा–‘तुम्हारे पिताजी बड़े विचित्र जीव हैं। वे हर काम को योग क्यों बोला करते हैं–‘कर्मयोग’, ‘ज्ञानयोग’, ‘भक्तियोग’, ‘प्रेमयोग... ।’

साम्ब ने उसी भाव से कहा–‘इसीलिए सोमयोग के साथ भोगयोग! योग-पुत्र हूँ यार, कोई मजाक नहीं।’

इस दौरान तैयारियाँ चलती रहीं–लकड़ियाँ जलाई गईं, हिरन की खाल उतारी गई, आँच पर उसे लटकाया गया, पलाश के पत्ते जुटाए गए, पत्तल बनाए गए, मटके के चारों ओर गोलाई में बिछाए गए, अन्त में सभी अपनी गिलास के साथ चारों ओर बैठ गए। सारण ने सबमें मदिरा ढाली और जोरदार नारे के साथ मद्यपान आरम्भ हुआ–‘बम भोले! जय शिवशंकर!’

मृगछाला पर बैठे हुए साम्ब ने बभ्रु को देखा–‘यह पगड़ी तुम्हें कहाँ से मिली बभ्रु?’

‘यार, पगड़ी नहीं है। श्यामा की साड़ी है, वही बाँधकर आ गया।’

हँसी।

मांस जब पक गया तो उसके टुकड़े सभी के पत्तलों पर परोस दिए गए। गिलास खाली होते और भरते गए। धीरे-धीरे पूरी मंडली सुरूर में आ गई। साम्ब ने बभ्रु की पगड़ी खोली और उसकी साड़ी बनाई। वह पहनकर नाचने लगा और दूसरे ग्वाले ताली बजा-बजाकर उसके साथ थिरकने लगे।

सिर्फ सुवर्ण गम्भीर मुद्रा में बैठा रहा।

‘उठ, तुझे क्या हो गया है?’ सारण ने पूछा।

सुवर्ण बोला–‘मैं यह सोच रहा हूँ कि तपोवन में नाक-कान दबाए ये मुनि जो बैठे रहते हैं, कुछ जानते-बूझते भी हैं कि ऐसे ही सबको उल्लू बनाते हैं?’

साम्ब खड़ा हो गया–‘क्या चाहते हो? हो जाए परीक्षा?’

परीक्षा की बात पर सभी एकमत हो गए।

साम्ब ने खाली मटकी फोड़ दी और उसकी पेंदी अपने पेट पर बाँध ली।

‘अब लग रहा हूँ गर्भिणी?’

सबने उसका पेट बजाया और ठहाका लगाया।

योजना बन गई। साम्ब ने लम्बा-सा घूँघट निकाला और बभ्रु की पत्नी होकर सभी यादवकुमारों के साथ तपोवन के लिए चला।

तपोवन के ऋषि साधारण ऋषि नहीं थे। उनमें महर्षि कश्यप थे, विश्वामित्र थे, नारद थे, कण्व थे। वे सभी अपने-अपने दर्भासन पर बैठकर उस समय एक सूक्त की व्याख्या में उलझे हुए थे।

जिस समय इन यादवकुमारों ने उनके चरण-स्पर्श किए, उस समय वहाँ का वातावरण मदिरा के भभके-से भर गया।

'क्या है?' ऋषियों ने पूछा।

'महर्षियो!' सारण ने हाथ जोड़कर गम्भीरता से कहा–'यह तेजस्वी बभ्रु की पत्नी हैं। बभ्रु के मन में पुत्र की बड़ी लालसा है। आप लोग सर्वज्ञ हैं। अच्छी तरह सोचकर बताएँ कि इसके गर्भ से क्या उत्पन्न होगा?'

ऋषि मारे क्रोध के काँपने लगे। उनकी आँखें लाल हो गईं। चेहरा तमतमा उठा। बोले–'क्रूर, धोखेबाज, दुष्ट, दुराचारी यादवकुमारो! कृष्ण का यह पुत्र साम्ब लोहे का एक भयंकर मूसल पैदा करेगा, जो तुम सभी यादवकुलों का नाश करेगा। अब यहाँ से तुरन्त भागो।'

यादव बालकों ने ऐसे शाप की कल्पना नहीं की थी।

उनके जाने के बाद नारद ने विश्वामित्र और कण्व से कहा–'ऋषिवर, अब इतना ही किया जा सकता है कि इसकी सूचना कृष्ण को दे दी जाए।'

और वे वीणा उठाकर द्वारका के लिए चल पड़े।

2

और अगली सुबह सचमुच साम्ब ने लोहे का मूसल पैदा किया।

इस मूसल को देखने के लिए सभी द्वारकावासी जुटे।

वह मूसल सामान्य से अलग था–दराँतीदार। उसके पूरी देह में आरे जैसे नुकीले दाँत थे।

देखने में पतला, हलका, लेकिन बेहद वजनदार।

कृष्ण, बलराम, उग्रसेन और बभ्रु के पिता महामना बभ्रु ने सलाह-मशवरा

किया कि इसको चूर्ण-चूर्ण कर दिया जाए और उस चूरे को समुद्र में फेंक दिया जाए। यही किया भी गया। नौकाओं से उसे दूर ले जाकर समुद्र में फेंका गया। किसी ने नहीं सोचा था कि वह लहरों के साथ बहता हुआ किनारों पर आ लगेगा और सरपत या एरण के रूप में उग आएगा। और उगा तो किसी को गुमान भी नहीं था कि ये उसी मूसल के चूरे हैं।

चूँकि तपोवन वाली घटना यादव युवकों ने मदहोशी में की थी इसलिए महाराज उग्रसेन ने पूरे द्वारका में डुगडुगी पिटवा दी कि कोई भी अपने घर में मदिरा न तैयार करे, जो भी तैयार करते हुए पकड़ा जाएगा, उसे सूली पर चढ़ा दिया जाएगा।

उस दिन शाम थोड़ा पहले घिर आई थी–शायद काली घटाओं के कारण।

अँधेरा छा गया था।

दारुक घोड़ों की वर्जिश करा के लौटा था। वह सुबह-शाम चारों सफेद घोड़ों को लेकर निकलता था, एक पर सवार होकर घंटे भर दौड़ाता था, तीन उसके पीछे-पीछे तब तक दौड़ते थे, जब तक पसीने-पसीने न हो जाएँ। फिर घुड़साल में आकर खरहरा करता था। वह अपना काम खत्म कर ही चुका था कि बाहर 'दुर्धर्ष' के हिनहिनाने की आवाज सुनाई पड़ी।

यह साम्ब का घोड़ा था।

साम्ब ने घोड़े की लगाम दारुक को पकड़ाई और चरण-स्पर्श करके पूछा– 'काका, पिताजी कहाँ हैं?'

'देखो, महल में ही होंगे। कहीं नहीं जाते आजकल।'

अँधेरे में कृष्ण आरामकुर्सी पर लेटे हुए थे। साम्ब उन्हें देखते ही उनके घुटनों पर सिर रखकर फफक पड़ा। कृष्ण उसके सिर पर हाथ फेरते रहे।

'पिताजी, मुझसे गलती हो गई। क्षमा करें!'

'किस बात के लिए क्षमा? कोई गलती नहीं हुई।'

'मैंने जो कुछ किया, हँसी-मजाक में किया था।'

'यहीं चूक हुई तुमसे। वे हँसी-मजाक नहीं जानते। खुशी-उल्लास नहीं जानते। मुसकराना-हँसना नहीं जानते। वे कमंडल में शाप और मृत्यु लिये घूमते रहते हैं। ऋषि हैं, सिर्फ रोष करना जानते हैं।'

साम्ब ने पिता के स्वर में कड़वाहट देखी, चेहरा नहीं देख सका।

‘इस छोटे-से मजाक का ऐसा दुष्परिणाम होगा, नहीं जानता था।’

‘देखो बेटे, मैंने कहा कि नियति एक बहाना ढूँढ़ रही थी द्वारका के विध्वंस के लिए। यह प्रद्युम्न भी हो सकता था, चारुदेष्ण भी हो सकता था, ये नहीं तो कोई और होता। उसकी कोशिश यही होती कि जो भी हो, मुझसे जुड़ा हो। तुम्हारा कोई दोष नहीं। तुमने उसे मौका दे दिया, निमित्त बन गए बस।’

‘पिताजी, आप मेरे दुख को नहीं समझ रहे हैं। पूरी द्वारका चिल्ला-चिल्लाकर मुझे कोस रही है कि जिस द्वारका को कृष्ण ने बनाया-बसाया, उसी को अब उनका बेटा नष्ट करेगा। यह कलंक असह्य है मेरे लिए।’

कृष्ण थोड़ी देर के लिए गम्भीर हुए, फिर हँसते हुए बोले–‘देखो साम्ब! मरता वही है, जो पैदा होता है। जो पैदा नहीं होता, वह मरेगा कैसे? जैसे, स्वर्ग! न वहाँ कोई पैदा होता है, न मरता है। पता नहीं, कोई जीता भी है या नहीं। वह बंजर प्रदेश है। यह मर्त्यलोक है। इसी को सृष्टि कहते हैं। जीवन यहीं है और जीवन जीने के लिए होता है। इसलिए होता है कि जिया जाए–रस लेकर, मजे लेकर। इसलिए नहीं कि मरते दम तक रोते रहें, कराहते रहें, तड़पते रहें, आह-ऊह करते रहें। मुझे खुशी है कि मेरे बेटों में तुम ही हो, जिसमें मेरा अंश सबसे अधिक है। तुम्हें देखता हूँ, तो मुझे अपना बचपन याद आता है...। तो मरने की चिन्ता से जीना स्थगित मत करो। मरना जब होगा, तब होगा। इसके पहले जितना और जैसे जी सको, जियो–मस्ती से ताकि कोई पछतावा न रहे। हाँ, दूसरे के जीने में खलल न पड़े, इतना ध्यान रहे। रही बात द्वारका के नष्ट होने की, तो बेटा होता ही इसलिए है कि बाप के किए-कराए पर पानी फेर दे, उसके बने-बनाए घरौंदे को तोड़-फोड़ दे। सम्भव है, इसके बाद जो बने, इससे बेहतर बने। और टूटेगा नहीं, तो बनेगा कहाँ से?

‘और बेटा, इस भ्रम में न रहो कि द्वारका को तुम नष्ट कर रहे हो। इसके नष्ट होने की बुनियाद तुम्हारे बाप ने रख दी थी–आज से बहुत पहले।

‘अब जाओ और निश्चिन्त रहो।’

साम्ब कुछ पूछना चाहता था, लेकिन कृष्ण ने मौका ही नहीं दिया। उन्होंने उसकी पीठ थपथपाई और खड़ा कर दिया।

जब साम्ब ‘दुर्धर्ष’ पर बैठकर चला गया, तो दारुक ने कहा–‘दादा, कहें तो मशाल जला दें।’

'नहीं, चाँदनी छिटकी हुई है। प्रकाश अच्छा-खासा है। रहने दो।'

दारुक जितना अपने घोड़ों को जानता था, उससे कम कृष्ण को नहीं, बल्कि उनसे ज्यादा ही। वह अपने कैशोर्य से उनके साथ था। महल-परिसर में ही कृष्ण ने उसका आवास बनवा रखा था। उसका परिवार उसी के साथ था। यहाँ तक कि कृष्ण की जब भी कुछ विशिष्ट व्यंजन खाने की इच्छा करती थी, वे रनिवास न जाकर उसी के यहाँ खाते। जैसे–बाजरे की लिट्टी, मक्के की रोटी, करेमू या सरसों का साग, कदम्ब की चटनी, तीसी का लड्डू आदि।

दारुक देख रहा था कि कभी उद्धव से बातें करते थे–अध्यात्म की। अब नहीं कर पाते। सात्यकि से सैन्य-संगठन तक ही बातें सीमित थीं। दाऊ से द्वारका और राजकाज की बातें हो जाती थीं समय-समय पर। अकेला दारुक ही था, जिससे वे मन की बातें करना चाहते थे, लेकिन किन्हीं कारणों से हिचक जाते थे। शायद, यह कि समझे, न समझे। शायद, यह कि कहना ठीक है या नहीं। इतना विश्वास था कि अगर उससे कहें तो अपने तक ही रखेगा।

दारुक देख रहा था कि जो सुख-दुख उन्हें छूते तक नहीं थे, वे अब विचलित और बेचैन करने लगे हैं। वे अकेले होते चले जा रहे हैं। वे अब भी सप्ताह में दो दिन सोमनाथ दर्शन के लिए प्रभास जाते हैं। एक दिन रैवतक, लेकिन जैसे बेमन से। वे दर्शन के बाद अकेले देर तक सरस्वती के तट पर बैठे रहते हैं।

लोग चौथेपन में, इस उम्र में घर-परिवार, हर चीज से उपराम होते चले जाते हैं और ये तो शुरू से ही ऐसे रहे हैं, लेकिन कोई चीज है जो इन्हें मथ रही है। वह क्या है?–दारुक की समझ में नहीं आ रहा था।

3

बरामदे की छत अद्‌भुत बनाई थी–विश्वकर्मा ने।

चाँदनी जब उससे छनकर फर्श पर आती थी तो सफेद कालीन जामुनी रंग की हो जाती थी और उसमें लहरों जैसी सलवटें उभर आती थीं। डोंगी जैसी आरामकुर्सी पर अधलेटे कृष्ण जमुना में विहार करते नजर आते थे। सबसे बड़ी बात यह कि उनके चेहरे और देह का रंग भी बदलकर सलेटी से

पहले जैसा नीला हो जाता था।

और आज तो उनके दोनों पाँव सामने फर्श पर बैठे दारुक की गोद में थे। जैसे—वह माँझी हो और डोंगी खे रहा हो।

'धीरे-धीरे पंजे भी दबा दे दारुक तो अच्छा हो।' ऊपर झाड़-फानूस की ओर देखते हुए कृष्ण बोले।

जीवन में पहली बार कृष्ण ने अपने पाँव दारुक की गोद में दिए थे।

'दादा, इधर कुछ दिनों से परेशान देख रहा हूँ मैं।' दारुक ने कहा।

कृष्ण कुछ नहीं बोले, जैसे सुना न हो।

'आप तो लाभ-हानि, जय-पराजय, सुख-दुख सबमें समान रहते थे। क्या हो गया इस बीच?'

कृष्ण वैसे ही लेटे पड़े रहे, शायद इस दुविधा में कि कुछ कहें या न कहें। लेकिन दारुक से न कहें तो किससे कहें?

'दारुक, तीस-पैंतीस साल हो गए, न कभी हस्तिनापुर याद आया, न कुरुक्षेत्र, न महाभारत! मैं भूला ही रहा। चाहा भी नहीं कि कभी याद आए। मैं इस बीच द्वारका को समृद्ध, सम्पन्न और सुदृढ़ करने में लगा रहा। एक ऐसा गणराज्य बनाने में, जो दूसरे राज्यों के आगे मिसाल हो। जहाँ एक राजा न हो, राज्य का हर नागरिक राजा हो। जो भी राज्य का निर्णय हो, हर नागरिक का निर्णय हो। तुम्हीं बताओ, मैं उस तन्त्र को कैसे स्वीकार करता, जिसके विरुद्ध सारा जीवन लड़ता रहा।

'लेकिन दारुक! इधर लगातार मेरे भीतर कुछ गूँज हो रही है। उथल-पुथल मची हुई है। वह जगे में नहीं, सोए में भी सुनाई देती है। महाभारत शुरू होने के पहले ही जब दोनों पक्षों की सेनाएँ आमने-सामने डँट गईं, तो धृतराष्ट्र ने संजय से जानकारी चाही। संजय ने गान्धारी वगैरह को बुलवाकर सबके सामने कहा—'यतो कृष्णस्ततो धर्मः यतो धर्मस्ततो जयः' यानि जहाँ कृष्ण हैं, वहाँ धर्म है और जहाँ धर्म है, वहीं जय है। यह मैंने सुना था। इधर बार-बार यही प्रतिध्वनि मेरे कानों में गूँज रही है कि क्या सचमुच मैंने महाभारत में अठारह दिन धर्माचरण किया था, जिससे विजय मिली?'

कृष्ण थोड़ी देर चुप रहे और सोचते रहे।

'दारुक, कल आधी रात के आस-पास की घटना है। मुझे गहरी नींद

आई ही थी कि कमरे में दरवाजों के पास से कोई चीज घिसटती हुई सी लगी, जैसे कोई घड़ियाल या मगर मेरी पलंग की ओर बढ़ा आ रहा हो। मैंने अदेर रोशनी की। देखा तो टूटी टाँग के साथ घिसटता हुआ दुर्योधन। उसने सिर उठाया और अपनी नहीं, मेरी आवाज में बोला। और वही बोला, जो युद्ध समाप्त होने पर पांडवों से बोला था मैं। आश्चर्य! 'सुनो, पांडवो सुनो! कौरव महायोद्धा थे। तुम धर्मयुद्ध में किसी प्रकार उन्हें पराजित नहीं कर सकते थे। इसलिए मैंने तुम्हारे कल्याण के लिए छल, कपट और माया के सहारे उनका संहार किया। दुर्योधन को धर्मयुद्ध में परास्त करना यमराज के लिए भी असम्भव था। अतएव भीम ने किन उपायों से उसे मारा, इसे लेकर आलोचना करने का कोई प्रयोजन नहीं है। हम लोग कृतकार्य हुए, विजयी हुए। सायंकाल उपस्थित है। हम लोग घर चलें, विश्राम करें।'

'मैं दुर्योधन को रोकूँ या उससे कुछ पूछूँ, इसके पहले ही वह गायब हो गया।

'इसी तरह दारुक! दो दिन पहले सूर्योदय के समय एक विचित्र घटना घटी।

'तुम्हें पता है कि मैं उस समय समुद्र में स्नान करता हूँ और सूर्य को अर्घ्य अर्पित कर उपासना करता हूँ, जब वे उदित होते हैं। जैसे ही मैंने सूर्योपासना खत्म की और आँखें खोलीं, बगल में खड़े कर्ण को देखा। वह भी भीगे वस्त्रों में। मुसकराया–'चकित मत हो वासुदेव! ये कुंडल देखकर। काम हो जाने के बाद इन्द्र ने इन्हें वापस कर दिया था मुझे।'

'कवच नहीं दिया?'

'दे रहा था, मैंने ही नहीं लिया।' कहा–'अब लेकर क्या करूँगा? जब जरूरत थी तब तो माँग लिया था। अब किस काम का?'

'हम दोनों बाहर आए। उसका सीना बाणों से बिंधा हुआ था। उसके वस्त्रों से रक्त टपक रहा था।'

'अकेला था मैं और अर्जुन के साथ इन्द्र था, तुम थे, माँ कुन्ती थीं। मेरे साथ कोई नहीं था। मुझे तुम्हें धन्यवाद देना था। मैंने तुमसे कहा था कि अर्जुन को मत बताना कि वह मेरा भाई है, वरना गांडीव तानते समय उसके हाथ काँप जाएँगे, निशाना चूक जाएगा। तुमने मेरे वचन की रक्षा की, धन्यवाद!

'हम दोनों श्यामशिला पर कुछ देर बैठे रहे। वह बोलता रहा–'लेकिन तुमने मुझे फोड़कर अपने पक्ष में जो करने की कोशिश की थी, वह तुम्हारी

गरिमा के अनुकूल नहीं था। यह नहीं करना था तुम्हें।...ऐसे ही जब मेरे रथ का पहिया कीचड़ में धँस गया था, मैं विरथ था, अस्त्रहीन भी था, मैंने अर्जुन से कहा था कि देखो, क्षत्रियोचित आचरण करो, मुझे रथ पर आ जाने दो, धनुष-बाण ले लेने दो, तब बाण चलाओ, लेकिन तुमने उससे कहा–'नहीं, यही अवसर है, मार दो! मेरी शिकायत यह नहीं है कि तभी उसने मुझे मार गिराया। शिकायत यह है कि तुमने मुझे उसके सर्वश्रेष्ठ धनुर्धर होने का रूप नहीं देखने दिया। मैं तो रथ पर बैठने के बाद भी मारा जाता, क्योंकि अर्जुन की मृत्यु के मेरे सारे बाण खत्म हो चुके थे, उन्हें पहले ही व्यर्थ कर चुके थे तुम। फिर भी युद्ध करते हुए उसके कौशल मैं भी देखता और यह ब्रह्मांड भी।...दुख इसी बात का है कि उसके धनुर्धारी होने का कौशल न तुमने भीष्म के युद्ध में देखने दिया, न द्रोण और न जयद्रथ के।'

वह उठ खड़ा हुआ।

'सुनो, मैं भी कुछ कहना चाहता हूँ।' मैंने कहा।

'वासुदेव! तुम्हें जो करना था, कर दिया। अब कहोगे क्या?'

वह जाते-जाते रुक गया। बोला–'एक बात और! और यह अन्तिम बात! वासुदेव, कहा था तुमसे कि मैंने एक स्वप्न देखा है, जैसे तुम एक रक्तरंजित पृथ्वी को हाथ से पकड़कर फेंक रहे हो और उस अग्निस्तूप के ऊपर खड़े युधिष्ठिर स्वर्णपात्र में घृतपायस खा रहे हैं। कहा था न? वासुदेव, इस कथन को थोड़ा ठीक कर लो। खाना चाह रहे हैं, लेकिन खा नहीं पा रहे हैं। और खाएँगे कैसे? मुँह ही नहीं खुल रहा है...।'

मैं उसे देखता रहा और वह सूर्य की किरणों में खो गया।

'ऐसे ही उस शाम, जब हम-तुम रैवतक से लौट रहे थे, मैंने वृष्णियों की गली से एक कबन्ध (धड़) को निकलते हुए देखा था। वह लड़खड़ा रहा था ऐसे, जैसे पिए हुए हो। जैसे ही हमारे रथ के आगे से गुजरा, मैंने तुमसे चिल्लाकर कहा था–'रोको, रोको। तुमने रास खींचने में थोड़ी देर कर दी थी। मैं जैसे ही रथ से उतरने को हुआ कि वह अन्धकों की गली में गुम हो गया, लेकिन मैंने उसे उसके कवच से पहचान लिया था। वह जयद्रथ था।'

'अच्छा तो बस!' दारुक ने उनके पाँवों को गोद से हटाते हुए कहा–'आपने

रुकवाया, मैंने रोक भी दिया, लेकिन कहाँ से देख लिया आपने कबन्ध? मेरी भी आँखें हैं। मैं अन्धा नहीं हूँ। मैंने तो नहीं देखा।...दादा, आपके दिमाग में फितूर भर गया है। मैं बहुत दिनों से देख रहा हूँ, पता नहीं क्या-क्या सोचते और गुनते रहते हैं आप? सब फालतू! बेकार की बातें! जिनके-जिनके नाम लिये, सबको देखा है। आपके आगे सबकी घिग्घी बँध जाती थी।'

'दारुक! समझते क्यों नहीं? अब वह पौरुष नहीं रह गया है। अब तो अपने बेटे ही नहीं सुन रहे हैं, वृष्णियों, अन्धकों, भोजों, सात्वतों, शैनेयों, कुकुरों की बातें छोड़ो और जिनकी मैं बातें कर रहा था, वे साधारण योद्धा नहीं थे।'

'दादा, मैं महाभारत के अठारह दिनों दिन-रात शिविर में था आपके साथ। मैं आपके घोड़ों और रथ की ही देखभाल नहीं कर रहा था, लोगों की बातें भी सुनता था कि आप सर्वज्ञ हैं, वर्तमान-भविष्य सब जानते हैं, अवतार हैं, ईश्वर हैं, सब कुछ हैं। आप युद्धभूमि से लौटकर आते थे, न चेहरे पर कोई तनाव होता था, न देह में थकान। घंटे-दो घंटे बाद ही निकल जाते थे फिर और रात भर ढूँढ़-ढूँढ़ कर अपनी सेना के वीरों की चिताएँ सजाते थे। फिर सुबह होते-होते कुरुक्षेत्र में। कितना जोश, कितना उत्साह था आपके अन्दर! काम, काम, काम!' दारुक बोलता जा रहा था और कृष्ण किन्हीं विचारों में खोए हुए थे। जब वह चुप हो गया, तब कृष्ण बोले।

'दारुक! अच्छा याद दिलाया तुमने। जब युद्धभूमि में दोनों सेनाएँ युद्ध के लिए तैयार हुईं, तो अर्जुन गांडीव फेंककर बैठ गया—क्यों लड़ें? किसके लिए लड़ें? मारकर क्या मिलेगा? यह पितामह हैं, ये भाई हैं, ये चाचा हैं, यह गुरु हैं, सभी सगे-सम्बन्धी हैं। किससे लड़ें? मैंने मन में कहा—'हुआ बंटाधार! तब मैंने लम्बा-चौड़ा भाषण पिलाया उसे। ताकि वह जी-जान से लड़े, युद्ध करे। क्या होगा, क्या नहीं होगा—सोचना छोड़े। उसी में मैंने कहा था कि तुम्हारा अधिकार सिर्फ कर्म करने में है, फल में नहीं। वह आधी बात थी, पूरी बात नहीं। पूरी बात यह है कि फल कर्म में ही निहित रहता है, भले दिखाई न दे। इसलिए कह रहा हूँ कि आज द्वारका में जो कुछ हो रहा है, वह मेरे ही कर्मों का परिणाम है। मेरे उपदेश के बाद अर्जुन की दृष्टि भले कर्म पर टिकी रह गई हो, मेरी दृष्टि बराबर उसके परिणाम पर बनी रही—अपनी प्रतिष्ठा के लिए, अपनी मर्यादा के लिए, अपने ऐश्वर्य के लिए। मुझे हर हाल

में युद्ध जीतना ही था–चाहे धर्म भंग हो, चाहे नियम टूटे। हार जाता तो कौन सा मुँह दिखाता दुनिया को?...और दारुक, उस समय मैंने यह नहीं सोचा था कि जो कर रहा हूँ, उसे देर-सबेर द्वारका को, मेरे घर को भुगतना पड़ेगा।'

'अब आप बेमतलब की बातें कर रहे हैं दादा, उठिए चलिए, सो जाइए।' दारुक ने कृष्ण का हाथ पकड़ा।

कृष्ण ने उससे अपना हाथ छुड़ाया–'छोड़ो, अभी मेरी ऐसी हालत नहीं हुई है कि तुम उठाओ तो उठूँ!...और सुनो दारुक! जैसे कर्म में ही फल छिपा रहता है, वैसे ही जीवन में भी मृत्यु छिपी रहती है। हमारे किस अंग में वह कुंडली मारे बैठी है, इसे कोई नहीं जानता। कब, कहाँ, किस हाल में वह आँखें खोलेगी और यह लीला खत्म हो जाएगी, कौन जानता है?'

यह कहते हुए वे शयन-कक्ष की ओर बढ़ गए।

'लोग कहते हैं कि आप जानते हैं।' दारुक ने कहा।

'हाँ, मृत्यु का पूर्वाभास! हाँ, इतना सबको होता है और मुझे भी होगा–समय आने पर।'

'एक समय ऐसा आता है, जब जीने की इच्छा खत्म हो जाती है।'

4

द्वारका पर संकट के बादल घहरा तो नहीं रहे थे अभी
लेकिन मँडराने जरूर लगे थे।

द्वारका को बसे हुए जाने कितने वर्ष बीत गए थे
लेकिन यह अब हुआ था कि दिन-दहाड़े
मगर और घड़ियाल जाने कहाँ से निकलकर
नगर की सड़कों और गलियों में घूमने लगे थे
और गायों, बछड़ों को घसीटते हुए ले जाते थे
भागने के बावजूद उनकी चपेट में कई चरवाहे भी आ गए थे
जो बच गए थे, वे अधमरे पड़े थे।
लोग समझ गए कि तट सुरक्षित नहीं रहे।

नगर की शोभा सरोवरों और तालाबों से थी जिनकी
मछलियाँ अपने स्वाद के लिए प्रसिद्ध थीं और
दूसरे राज्यों में भेजी जाती थीं
ज्यादातर ग्वाले उन्हीं में खुद नहाते थे, गायों को नहलाते थे और
मछलियाँ मारते थे वंशी से
वे पटापट मरने लगी थीं और पानी बदबू करने लगा था।

मौसम हेमन्त का था, लेकिन हवाएँ ऐसी चल रही थीं
जैसे जेठ की लू हो।
कभी-कभी आकाश अचानक धुन्ध से भर जाता
क्षितिज पर काले-पीले-केसरिया बादल दिखाई पड़ते
और कंकड़-पत्थर बरसाती हुई ऐसी आँधी आती
कि बड़े-बूढ़े, पेड़ जड़ों से उखड़कर भवनों की छतों पर गिरते
और उन्हें खंडहर बना देते।
खेतों की सारी फसलें पीली पड़ कर झुलस गई थीं
किसान उन्हें देखते और हाय-हाय करते।

सबसे आश्चर्यजनक बात यह हुई थी कि
अग्नि अपना स्वभाव छोड़ रही थी
चूल्हे कभी गरम होते, कभी नहीं गरम होते
तवे और कड़ाहियाँ वैसे ही रह जाते
और दूध में उबाल ही नहीं आता, चाहे जितना उबालो।
महिलाओं की समझ में नहीं आता कि
यह क्या हो रहा है, क्यों हो रहा है?
सबसे अधिक परेशान लुहार थे
आग जलती नीली-पीली लपटें भी उठतीं,
लेकिन भाथी ठंडी की ठंडी रह जाती।

लोगों ने सोचा था कि ये मुश्किलें थोड़े दिनों की हैं
अपने आप खत्म हो जाएँगी,

लेकिन वे खत्म होने के बजाय बढ़ती ही गईं।
और यह बढ़ना भिन्न-भिन्न किस्मों में था
हैरत में डालने वाला—कि रोज-रोज ये क्या हो रहा है?
क्यों हो रहा है?

किसने सोचा था कि अमरावती समझी जाने वाली द्वारका
की सड़कों, गलियों और घरों में
रंग-बिरंगे चूहे दौड़ेंगे, आपस में लड़ेंगे, मर्दों-औरतों को
दौड़ाने-काटने के लिए आतुर दिखाई देंगे?
वे सुबह उठेंगी और पाएँगी कि उनके सिर के आधे बाल
चूहे कुतर ले गए
घाघरे या लहँगे या झुल्ला पहनेंगी
और पाएँगी कि उसमें पहले से चुहिया बैठी है।
यही नहीं, वे भात बनाकर रखेंगी और खाने-खिलाने बैठेंगी
और ढक्कन खोलेंगी
तो भगोने के अन्दर से चूहा भागेगा।

इन्हीं दिनों द्वारकावासियों ने देखा कि भल्लात द्वार पर बना
अपना मन्दिर छोड़कर कालभैरव नगर में घूम रहे हैं।
सिर से पाँव तक आधा शरीर काला, आधा पीला, मूड़ मुड़ाए
हाथ में खोपड़ी लिये भयानक डरावने दीख रहे हैं
और घर-घर झाँक रहे हैं।
यादव तीर-धनुष चला रहे हैं, बर्छे, भाले, खड्ग,
मूसल, गदा, लाठियों से मार-मार भगा रहे हैं,
लेकिन उन पर कोई असर नहीं। वे अदृश्य हो जाते हैं
फिर दूसरे घर में झाँकने लगते हैं।

'वे क्या ढूँढ़ रहे हैं?' यादवों ने आपस में पूछा।
किसी ने कहा—'उस दिन मैंने भोग लगाने के लिए लड्डू दिया,
नहीं लिया।'

दूसरों ने कहा–'हमने लोटे में दूध चढ़ाया, अस्वीकार कर दिया।'
'वे इन सबका नहीं, सिर्फ मदिरा का भोग लगाते हैं।'
'ओह! तो वे उसी के लिए क्रुद्ध हैं और घर-घर मदिरा ढूँढ़ रहे हैं।'
'हाँ, उन्हें नहीं पता कि द्वारका में 'मद्य-निषेध' लागू है।'
'ऐसी-तैसी राज्याज्ञा की, देवता खुश रहें,
तो सब अपने आप ठीक हो जाएगा।'
और उसके बाद धूम-धड़ाके से मदिरा का कारोबार शुरू हुआ।
राज्यादेश का उल्लंघन करने वाले वे लोग थे
जो कौरवों के पक्ष से लड़ने नारायणी-सेना में गए थे
यानि अन्धक-भोज और कुछ दूसरे यादव-कुल।
देखा-देखी वृष्णि और उनके सभी कुलों ने भी शुरू किया
लेकिन चोरी-छुपे।

लेकिन इससे कोई फर्क नहीं आया द्वारका की स्थिति में।
वह बद से बदतर होती चली गई।

अभी कालभैरव गली-गली घूम ही रहे थे कि
सहसा एक दिन प्रकट हुई एक औरत काले लिबास में
बाल खोले, दाँत चमकाते डरावनी सूरत में
वह घर-घर ताक-झाँक करती
और हर सधवा से उसका सुहाग माँगती
इन्हीं दिनों द्वारका में दो-चार जवान लड़कों की मौत भी हुई
और यह अफवाह उड़ी कि वह चुड़ैल है जो आधी रात को
अप्सरा बन जाती है, मर्द की पूरी देह में
गुह और गोबर का उबटन लगाती है
फिर उसके साथ सम्भोग करती है और खून चूसकर मार डालती है।

इसके बाद ही द्वारकावासियों ने वह दृश्य देखना शुरू किया
जिसे वे सपने में ही देख सकते थे कि
द्वारका का आकाश विशाल दैत्यनुमा गिद्धों से भरता जा रहा है

वे झपट्टा मारकर एक-एक कर के मर्दों को उठाकर भाग रहे हैं
और मांस खाकर हड्डियाँ समुद्र में फेंक दे रहे हैं।
इतने बड़े-बड़े गिद्ध कुरुक्षेत्र के आकाश में मँडराते देखने वाले लोग
मौजूद थे, जिन्होंने महायुद्ध में हिस्सा लिया था।

इस तरह द्वारका में हाहाकार मचा था
कोई किसी से नहीं बोल रहा था,
लेकिन सब फटी आँखों से एक-दूसरे को
देखते रहते थे, जैसे पूछ रहे हों
यह सब क्यों हो रहा है?
यह क्या हो रहा है?
कब तक चलेगा यह सब?

सारे असन्तोष, विक्षोभ, क्रोध, खलबली और हाहाकार के बावजूद
द्वारकावासियों को भरोसा था द्वारकाधीश पर
कि वे अब कुछ करेंगे
मौके की तलाश में होंगे या मुहूर्त नहीं आया होगा
वरना वे इस तरह चुप न रहते
जरूर कुछ करते, और करेंगे
लेकिन अब नहीं, तो कब?

5

कृष्ण द्वारका पर घहराने वाली दिन-प्रतिदिन की नई-नई विपत्तियों से अनजान नहीं थे। गुप्तचर रोज रात में आते, उनके सोने के पहले पूरी खबर दे जाते।

उन्हें क्रोध आता, झुँझलाहट होती, तड़पकर रह जाते।

वे बेबस थे—लाचार।

वे जानते थे कि द्वारकावासियों ने उनसे कितनी उम्मीदें लगा रखी हैं। उन्हें क्या मालूम कि अब वे कुछ नहीं कर सकते। उनकी सारी शक्तियों का क्षय हो चुका है।

इस 'क्षय' का सिलसिला कब से शुरू हुआ था?

महायुद्ध के अठारहवें दिन की आधी रात से। जिस दिन अपनी सखी द्रौपदी की कई बार रक्षा इतनी दूर रहकर उन्होंने की थी, उसी के पाँचों बेटों को इतना पास रहकर भी नहीं बचा सके, जबकि उन्हें घटना का पूर्वाभास था!

इसी तरह जब दूसरे दिन वे अश्वत्थामा की खोज में अर्जुन, भीम और युधिष्ठिर के साथ द्वैपायन सरोवर पहुँचे थे। वे अधिक से अधिक अश्वत्थामा के मस्तक की मणि ही छीन सके, उसे परास्त नहीं कर सके।

क्यों? क्या इसलिए तो नहीं कि वे दुर्जनों का विनाश करने के लिए उन्हीं के स्तर पर उतर गए थे?

क्या इसलिए तो नहीं कि भीष्म, द्रोणाचार्य जैसे जितने महायोद्धा उनकी चालों-धूर्तताओं से मारे गए थे, सबके सब दुर्जन नहीं थे।

क्या इसलिए तो नहीं कि उन्होंने अपने भीतर के 'ईश्वर' को झूठ और कपट से कलुषित कर दिया था?

उन्हें हस्तिनापुर की वह अन्तिम सन्ध्या याद आई, जब वे दुर्योधन की आत्मा की शान्ति की प्रार्थना के लिए उसके पास गए थे।

दुर्योधन मृत पड़ा था।

उसे देखते ही वे करुणा और अपराध-बोध से भर गए थे।

उसी समय उन्होंने गान्धारी की पदचाप सुनी। काली सिर ढँकी साड़ी और आँखों पर पट्टी। गान्धारी ने पूछा–'यह कृष्ण हैं क्या?'

कृष्ण ने प्रणाम किया।

गान्धारी उपहास के स्वर में बोली–'वासुदेव! आप देवत्व की चोटी से फिसल गए जब आपने भीष्म का अन्त रचा और अब मेरे पुत्र का अन्त।'

'लेकिन यह न भूलें गान्धारी कि युद्ध की अपनी बाध्यताएँ होती हैं।'

गान्धारी ने कहा क्रोध से–'इसी को घोर पाखंड कहते हैं। मैंने सुना है वासुदेव, आप धर्म का जाप करते हुए कुरुक्षेत्र में आए थे, लेकिन न कहीं धर्म दिखाई पड़ा, न न्याय, न सत्य, न विवेक। आपने इतने दिनों के लिए सब कुछ उठाकर ताक पर रख दिया था!'

'देवी, याद रखें, अर्जुन के प्रति मुझे अपनी पूर्ण निष्ठा और वचनबद्धता निभानी थी।'

'वचनबद्धता? जिसके चलते मेरे सभी पुत्रों का संहार हुआ और इस समय यहाँ मैं अपने सबसे प्रिय पुत्र के शव के पास खड़ी हूँ, जो आपका अन्तिम शिकार था!'

गान्धारी कहते-कहते रोने लगीं और सहसा जैसे उनकी आँखें क्रोध से जल उठी हों। 'कृष्ण! अब मैं आपको मृत्यु का शाप देती हूँ कि आपके सम्पूर्ण वृष्णिवंश का नाश हो जाएगा।'

यह सब याद करते और सोचते हुए कृष्ण को लग रहा था कि गोकुल से लेकर कुरुक्षेत्र तक जैसे वे अभिनेता की भूमिका में रहे हों, जिसका निर्देशन किसी 'अदृश्य' के हाथ रहा है। जैसे ही मंचन खत्म हुआ, उनसे सारा कुछ ले लिया गया हो और कहा गया हो कि अब आप घर जाएँ। कोई जरूरत नहीं आपकी। एक-एक करके सारा कुछ अपने पास से खिसकता हुआ देखते रहे वे जिनके बल पर 'वासुदेव' थे।

कृष्ण अपने जलपोत की छत पर गावतकिया के सहारे करवट लेटे द्वारका की परिक्रमा पर निकले थे। वे पखवारे में एक बार इसी तरह जलविहार करते थे। ये माघ के अन्तिम दिन थे और ठंडी-ठंडी हवा चल रही थी।

उन्होंने देखा—द्वारका के भवनों पर फहराई जाने वाली पताकाएँ चिथड़ा-चिथड़ा हो चुकी हैं और उनके रंग उड़ चुके हैं। भवन भी खंडहर जैसे लग रहे हैं। जिस हरियाली और घने जंगलों के लिए द्वारका जानी जाती थी, वह हरियाली नहीं रह गई है और जंगल खंखड़ हो चुके हैं। उन्होंने भी द्वारका के आकाश में मँडराते हुए विशालकाय गिद्धों और चीलों को देखा, जिनकी चर्चाएँ लोग कर रहे थे। एक नई चीज उन्होंने देखी, जिस पर इससे पहले उनका ध्यान नहीं गया था। तटों के किनारे-किनारे और बीच-बीच में चारों तरफ आदमकद ऊँचाई के सरपत और सरकंडे उग आए थे, जिनके सफेद फूल एक लय में हिलते हुए चँवर डुलाते-से लग रहे थे। वे अपनी श्वेत दाढ़ी समेटते हुए मुसकराने लगे।

इसी दौरान उन्होंने एक ऐसा दृश्य देखा, जिसकी कल्पना नहीं की थी। तटों के बीच की रेत पर जहाँ सरपत के जंगलों और खजूर-ताड़ों की कतारें थीं, उनके बीच रेत पर एक-दूसरे से लिपटे हुए नंगे-अधनंगे जोड़े लेटे थे, जो आने-जाने वालों की ओर से बेपरवाह थे। उन्होंने मदिरा की मादक गन्ध अपने यान तक आती हुई महसूस की।

कृष्ण ने अपनी आँखें बन्द कर लीं। उन्हें लगा कि ये शायद उनके नाती-पोते हों, जिन्हें नहीं पता कि उनके बाप-दादे कैसे-कैसे इस भूमि तक पहुँचे हैं।

वे विचारों में खोए ही थे कि उन्हें कहीं दूर से आता हुआ एक स्वर सुनाई पड़ा। स्वर क्या था, उसकी अनुगूँज थी–'वासुदेव, सुख के दिन बीत चुके। अब तो भयानक संकट का समय आ रहा है। आने वाला हर नया दिन बीते हुए दिन से अधिक त्रासद होगा। धरती ने अपना यौवन खो दिया है।'

कृष्ण लेटे से उठ बैठे। उन्होंने याद करने की कोशिश की कि यह किसने कहा था? किससे कहा था? शायद व्यास ने अपनी माँ सत्यवती से। पांडु की मृत्यु के बाद। अब जैसे उनसे कह रहे हों।

कृष्ण उदास हो गए।

उन्होंने भल्लात से ही अपना पोत ऐन्द्रद्वार की ओर मोड़ दिया।

लेकिन अब तक उन्होंने जो देखा-सुना था, वही पर्याप्त नहीं था। अभी कुछ और देखना-सुनना बाकी था। पोत तट के काफी करीब से चल रहा था और उसके ऊपर से सुग्गों की कतार की कतारें शोर मचाती हुई द्वारका के जंगलों में लौट रही थीं। कृष्ण को लगा, ये सुग्गे नहीं कौवे हैं, क्योंकि वे 'टाँय-टाँय' नहीं, 'काँव-काँव' कर रहे थे। उन्होंने सिर उठाकर देखा, तो बीच-बीच में टूटी हरे रंग की रेखाएँ दिखाई पड़ीं। उनके सुर बदल गए थे।

यही हाल जंगल से गोशाला की तरफ लौटती हुई गायों का था। वे रंभा नहीं रही थीं, मिमिया रही थीं। जैसे–बकरियों के झुंड हों।

कृष्ण नीचे उतरे, घड़े के जल से हाथ, पैर, मुँह धोया और फिर छत पर जाकर सन्ध्या करने बैठ गए। गायत्री मन्त्र के जाप के बाद ध्यानस्थ हुए। थोड़ी देर बाद आँखें खोलीं और डूबते सूर्य को अर्घ्य दिया। जब वे प्रणाम करके बैठने लगे, तो ताम्रपात्र उनके हाथ से छूट गया और लुढ़कता हुआ समुद्र में गिर गया। उन्होंने सूर्य को देखा–सफेद फक् निर्जीव सूर्य। उदय और अस्त बेला का सूर्य इस रंग का नहीं होता। उसके घेरों में तीन रंग थे–किनारे का भाग काला, बीच का भस्म के समान धूसर, अन्दर का निस्तेज गुलाबी। उसके चारों तरफ नृत्य करते हुए कबन्ध। उनसे टपकते हुए लहू।

यह अपशकुन था।

ऐन्द्रद्वार का तट द्वारकावासियों से भरा था और लोग उनके पोत की प्रतीक्षा करते हुए गुहार लगा रहे थे। बलराम, उद्धव, अक्रूर, अनाधृष्ट, कृतवर्मा, सात्यकि, चित्रकेतु, अवगाह, शिनि सभी उन्हें समझाने की कोशिश कर रहे थे, लेकिन सब व्यर्थ।

पोत जैसे ही किनारे रुका, चीख-पुकार और बढ़ गई।

कृष्ण पोत की छत पर खड़े हो गए और उन्होंने दोनों हाथ उठाकर सबको शान्त किया।

बोले अपने गुरु गम्भीर स्वर में–'बन्धुओ, मैंने सब देख लिया है, सुन लिया है। क्या करना चाहिए, मैंने सोच लिया है। द्वारका की धरती अशुद्ध और अपवित्र हो गई है हमारे-आपके कर्मों से। हमारे कुलगुरु गार्ग्य मुनि ने ग्रह-नक्षत्रों को देखकर बताया है कि द्वारका पर संकट है। किसी भी समय समुद्र में तूफान और भीषण ज्वार आ सकता है।

'अब जो कह रहा हूँ, उसे ध्यान से सुनें।

'जितनी जल्दी हो सके, हमें द्वारका छोड़ देना चाहिए। प्रभास तीर्थ का तट सबसे लम्बा-चौड़ा है। हम महाराज से निवेदन करते हैं कि वे वहाँ फिलहाल हमारे रहने के लिए रावटियाँ लगवाएँ। खाने-पीने की सामग्री साथ ले चलें। वहाँ सभी पुरुष जाएँ।

'महिलाओं, बूढ़ों और बच्चों को शुद्धोद्वार पर भेजें। वे वहाँ सुरक्षित रहेंगे। हम होली और ब्रजदिवस अबकी वहीं मनाएँगे।'

लोगों में सुगबुगाहट शुरू हुई–गोकुल से मथुरा, मथुरा से द्वारका, द्वारका से प्रभास! कब तक यही करते रहेंगे हम?

कृष्ण ने इन बातों पर कान नहीं दिया, अपने महल की तरफ बढ़ गए।

6

कुछ एक रोज तो घर-दुआर, जर-जमीन, पेड़-पौधे, बावड़ी-चरागाहों से मोह बना रहा, लेकिन स्थिति बद से बदतर होती देख दूसरों की देखा-देखी द्वारका छोड़ना शुरू किया यादवों ने। लेकिन छोड़ना भी शुरू किया तो यही सोचकर कि दो-तीन महीने बाद लौटना ही है, तो खाने-पीने की चीजों के सिवा बाकी सब यहीं छोड़ दिया जाए।

इस तरह द्वारका में सिर्फ भवन रह गए, प्राणीजन चले गए। औरतें, बूढ़े, बच्चे शुद्धोद्वार और यादव मर्द प्रभास। इस तरह प्रभास में समुद्र किनारे रावटियों में नई द्वारका बस गई। जितने कुल, उतने मुहल्ले। हर मुहल्ले की अपनी होलिका की तैयारी। वे अपनी परम्पराएँ ब्रज से लेकर आए थे। गौवें चराना, रास रचाना, लड़ना-भिड़ना, खेलना-कूदना, लाठी-बनेठी भाँजना, एक पर्व के बाद दूसरे पर्व का इन्तजार करना उन्होंने पुरखों से सीखा था।

कृष्ण और बलराम की अगल-बगल अपनी-अपनी रावटी थी। कृष्ण हर रावटी में चक्कर मारकर देख चुके थे कि किसी को कोई समस्या तो नहीं है? लोग उन्हें अनथक कार्य करते हुए देखते और आश्चर्य करते कि इस बूढ़े में कितनी ऊर्जा और कितना उत्साह है।

द्वारका में होली 'ब्रज दिवस' के रूप में मनाई जाती थी।

द्वारकावासी, चाहे वे जिस जाति या पेशे के हों, बसन्त पंचमी के बाद से ही पगलाना शुरू हो जाते थे और होली आते-आते यह पागलपन शिखर पर पहुँच जाता था। गली से गुजरते हुए किसी भी औरत या मर्द का कहीं से एक बाल्टी रंग या पानी में नहा उठना आम बात थी। कुछ नहीं तो मुँह पर कीचड़ या गोबर लिथड़ जाना भी चल जाता था। इस नई द्वारका में इतना सब सम्भव तो नहीं था, लेकिन वे होली को दिमाग में रखते हुए ढोल, नगाड़ा, डफला, मजीरा, रंग, गुलाल, अबीर, पिचकारी लेकर आए थे। इनके सिवा भारी मात्रा में मदिरा, गाँजा, भाँग भी उनके पास थी, जिनका सेवन उनके मन पर था। जब तबीयत हुई, बैठ गए। यहाँ कोई काम-धाम तो था नहीं। हाँ, मनोरंजन के अवसर खूब मिल रहे थे। आस-पास के जंगलों से कभी आदिवासियों की टोली चली आती, कभी नट आ जाते और अपने करतब दिखाते, कभी नर्तकों-नर्तकियों का दल आ जाता। यादव उनके साथ जमकर मदिरा पीते-पिलाते, नाचते-गाते, छेड़खानियाँ करते और तबीयत होती तो ले-देकर जंगल के कोने-अँतरे में चले ज़ाते।

होली के दिन कृष्ण सुबह-सुबह नौका से शुद्धोद्वार चले गए—महिलाओं, बूढ़ों, बच्चों की खोज-खबर लेने। वहाँ से लौटे तो तपस्वियों के आश्रम। बलराम की दिलचस्पी संसार से ही खत्म हो गई थी। उनके मन की मौज, जो चाहें करें।

इधर यादवों ने अपने-अपने टोले में किसी एक रावटी में जुटना शुरू किया—ढोल, मजीरा, नगाड़े के साथ। मदिरा के मटके इकट्ठे किए गए। जिसके पास जो बर्तन थे—थाली, लोटा, गिलास, कटोरा—वही लेकर बैठ गया। एक रावटी ने उद्घोषणा की—'हर हर महादेव!' दूसरी रावटी से उससे बुलन्द स्वर में उत्तर आया—'जय सोमनाथ!' तीसरी ओर से भी आया—'जय शिवशंकर!'

नशा जैसे-जैसे चढ़ता गया, ढोलक की थाप के साथ हर खेमे में फाग की लहर उठनी शुरू हुई। एक फगुआ खत्म करने के बाद दूसरे खेमों के यादवों को जी-भर के गालियाँ दी जातीं। फिर दूसरा फगुआ गाया जाता। इसी शैली में गालियाँ और फगुआ, फगुआ और गालियाँ—शाम के इन्तजार में रुक-रुककर होली मनाई जाती रही।

कृष्ण शाम ढले जब लौटे, तो देखा कि हर कुल की होलिका जल चुकी है और होलिका के साथ ही सारी रावटियाँ भी। इन्हीं रावटियों में उनके खाने-पीने के सामान और कपड़े-लत्ते भी थे। अगर उनकी और बलराम की रावटियाँ बची रह गईं, तो दूर होने के कारण। लेकिन खतरे वहाँ भी थे। उनकी रावटियों के मैदान के चारों ओर सरपत की ऊँची झाड़ें थीं। एक भी चिनगारी आ गई होती तो सारा कुछ स्वाहा हो गया होता।

उस ओर से बेफिक्र होकर यादव उनकी रावटी के आगे मैदान में गा-बजा रहे थे। भीड़ के बीच से होते हुए कृष्ण जब रावटी के पास रखी अपनी चौकी पर पहुँचे तो पहचान में नहीं आ रहे थे। उनके पीले-नीले वस्त्र ही नहीं, सफेद दाढ़ी-बाल सब लाल और गुलाबी हो चुके थे। बलराम अपने तख्त पर बैठे हुए मदिरा-पान कर रहे थे और उन्हें देखकर मुसकरा रहे थे।

'किशन!' बलराम ने दूसरे गिलास में मदिरा ढाली और कृष्ण को दी—'ले, आज होली भी है और ब्रजदिवस भी।'

बलराम की आँखें चढ़ी हुई थीं। कृष्ण उन्हें देखते रहे।

'ले, गटक जा! कुछ नहीं होगा।'

कृष्ण हँसे—'दाऊ, आप तो ऐसे बोल रहे हैं, जैसे कभी पी ही न हो!'

कृष्ण ने गिलास ली और उनके बीच रेत पर नाचता, गाता, गालियाँ बकता, लोटता-पोटता, गिरता-भहराता, लड़खड़ाता अपार यादव-समूह। उनके अगल-बगल, दारुक, बभ्रु, सात्यकि, सारण, प्रद्युम्न, चारुदेष्ण, साम्ब, अवगाह,

विरुथप, भीमरथ, संग्रामजित और दूसरे बेटे, पोते, बलराम की संतानें और सामने कृतवर्मा, भोज, अन्धक, सात्वत, तुर्वसु, आभीर कुल के यादव वीर।

कृष्ण ने देखा कि वे गालियाँ, जो हँसी-ठट्ठा, मजाक और छेड़छाड़ में दी जा रही थीं, धीरे-धीरे एक-दूसरे में तल्खी पैदा करने लगीं। उनमें नोक और धार दिखाई देने लगी। वे द्वारका से चलती हुई कुरुक्षेत्र में पहुँच गईं। उन्होंने जल्दी ही आरोप-प्रत्यारोप का रूप धारण कर लिया। इसमें पिता-पुत्र, भाई-भाई, दादा-पोते का भेद खत्म हो गया। यादव यह साबित करने में जुट गए कि कौरव-पांडव के पक्ष-विपक्ष तो बहाने थे, नारायणी सेना के लोग एक-दूसरे से पुरानी दुश्मनी साधने में लग गए थे। इस शोर-शराबे में कुछ भी साफ-साफ नहीं सुनाई पड़ रहा था। वे जितना बोल नहीं रहे थे, उससे ज्यादा थाली, लोटा, गिलास, कटोरा बजा रहे थे। जितना ही पीते जा रहे थे, उतना ही एक-दूसरे पर चीख रहे थे।

साफ तौर पर उनके दो दल दिखाई पड़ रहे थे—एक तरफ वृष्णि और शैनेय थे, दूसरी तरफ अन्धक और भोज। बाकी बचे यादव-कुलों ने इनमें से किसी न किसी एक पक्ष को चुन लिया था।

कृष्ण, सात्यकि को संयम से पान करने का संकेत कर रहे थे कि उसी समय उन्हें कहीं से अपशब्दों के साथ ऊँचे स्वर में बहस सुनाई पड़ी। उन्होंने मुड़कर देखा कि यह महाराज उग्रसेन के शिविर से आ रही है। महाराज का शिविर कृष्ण-बलराम की रावटी के पीछे थोड़ी ऊँचाई पर था। शिविर के आगे चबूतरा था। उसी पर बैठकर यादवों में वरिष्ठतम अमात्य अक्रूर के साथ वृद्ध उग्रसेन भी मद्यपान कर रहे थे। उग्रसेन का मुँह पोपला हो चुका था और जबान लटपटा रही थी।

महाराज बोले—'कृतघ्न अक्रूर! तू अवसरवादी और सुविधाभोगी है।'

'सेवक की विनम्रता और आज्ञाकारिता की परीक्षा न लें, महाराज!'

'क्या यह गलत है कि तू मेरा अमात्य था, फिर उस कंस का अमात्य हुआ, जिसने मुझे कारागार में डाला था? कंस मारा गया तो द्वारका में द्वारकाधीश का अमात्य हुआ? यह अवसरवाद नहीं तो क्या है कि नरेश आते-जाते रहे और तू अमात्य का अमात्य ही बना रहा?'

'यह द्वारकाधीश से पूछिए, मैं क्या बताऊँ?'

'यही नहीं, रुक आज तुझे बता ही देता हूँ।' उग्रसेन मदिरा से भरा स्वर्णपात्र लेकर उठे और भहराकर गिर पड़े। उनका मुकुट लुढ़ककर दूर जा गिरा। उन्होंने कोई चिन्ता नहीं की। लड़खड़ाते हुए शिविर के अन्दर गए और खड्ग ताने बाहर आए–'तूने स्यमंतक मणि चुराई और चोरी का आरोप कृष्ण पर लगाया! तेरे जैसे अधम को जीवित रहने का अधिकार नहीं।'

उन्होंने अक्रूर पर खड्ग से वार किया। अक्रूर ने अपने को बचाने की कोशिश की, लेकिन बचा नहीं पाया। ढेर होने के पहले ही उसने पास पड़े मूसल को उठाया और उनके सिर पर दे मारा। दोनों एक साथ आमने-सामने गिरे और शान्त पड़ गए।

कृष्ण दौड़कर वहाँ पहुँचें और कुछ समझें इससे पहले ही उनके प्राण-पखेरू उड़ चुके थे। उन्होंने उनके शव पर चादर डाली और मुकुट लेकर अपनी चौकी पर लौट आए।

यादव-कुल आमोद-प्रमोद में मगन थे। उन्हें कुछ पता नहीं चला।

इधर पीते-पीते सात्यकि भी मद से उन्मत्त हो उठा। उसने कृतवर्मा का उपहास और अपमान करते हुए कहा–'हार्दिक्य, (हृदियक का पुत्र) तू नीच है। याद है, तूने पांडव-पुत्रों और दूसरे योद्धाओं की हत्या कब की थी? आधी रात को! जब युद्ध खत्म हो गया था और वे अपने शिविर में मुर्दों की तरह अचेत सोए हुए थे। क्या यही क्षत्रिय-धर्म है? इससे बढ़कर नीचता और क्या होगी? जो अन्याय तुमने किया है, उसके लिए यदुवंशी तुझे कभी क्षमा नहीं करेंगे।'

कृतवर्मा भी पीकर धुत था। वह तिलमिलाकर सात्यकि पर गरजा–'शैनेय! (शिनि गोत्र से सम्बद्ध) और तू तो महानीच है। मैं क्या हूँ तेरे आगे? तुझे याद है, तूने महायोद्धा भूरिश्रवा की हत्या कब की थी? जब वह तुझे पटककर तेरी छाती पर बैठा था और तेरे वध के लिए खड्ग ताने था, उसी समय धोखे से, पीछे से अर्जुन ने उसकी भुजा काट दी थी। उसके बाद युद्ध छोड़कर वह योग-मुद्रा में बैठ गया था। सारे नियमों को तोड़ते हुए तूने उसका सिर धड़ से अलग कर दिया था। इससे बड़ी नीचता क्या होगी?'

कृष्ण को लगा कि यह आरोप सात्यकि पर नहीं, उन पर है, क्योंकि उन्हीं के संकेत पर अर्जुन ने भूरिश्रवा की दाहिनी भुजा काट डाली थी और

सात्यकि ने सिर काटा था। उनका खून खौल उठा और उन्होंने टेढ़ी नजर से कृतवर्मा को देखा।

बात बढ़ती गई और क्रोध में आकर सात्यकि कृष्ण के पास से उठकर दौड़ा और जब तक कृतवर्मा सावधान हो, इससे पहले ही उसने उनका सिर काट दिया। फिर वह उन्मत्त होकर दूसरे-दूसरे लोगों का भी घूम-घूम कर वध करने लगा। यह देखकर कृष्ण उसे रोकने के लिए दौड़े, लेकिन तब तक अन्धकों और भोजों ने सात्यकि को घेर लिया। उन्होंने जूठे बर्तनों से सात्यकि पर प्रहार करना शुरू किया। सात्यकि को मारे जाते देखकर कृष्ण-पुत्र प्रद्युम्न आक्रमणकारियों के बीच कूद पड़ा। सात्यकि और प्रद्युम्न ने कुछ देर तो बड़ी बहादुरी से विरोधियों का सामना किया। सामना ही नहीं किया, कइयों को गदा और खड्ग से मार गिराया, लेकिन अन्धकों और भोजों की संख्या इतनी ज्यादा थी कि वे कुछ नहीं कर सकते थे। सात्यकि का मस्तक चूर-चूर हो गया और प्रद्युम्न उस भीड़ के बीच गिरता-भहराता किसी तरह बाहर आया। वह रक्त में पूरी तरह नहाया हुआ था। उसके घुटने धूस हो चुके थे। उसकी एक भुजा कट चुकी थी। सिर के बाल रक्त और मांस में लिथड़े हुए थे। चेहरा खून और रेत में सना हुआ था। वह घिसटता हुआ आया और कृष्ण की गोद में धँस गया। कृष्ण ने उसकी ठोड़ी उठानी चाही, तो उसे मरा हुआ पाया। उनका सबसे प्यारा और बहादुर बेटा।

कृष्ण उठकर खड़े हो गए—उत्तेजित और क्रुद्ध। उनके सब्र का बाँध टूट गया। प्रद्युम्न के मारे जाने के बाद वे अपना आपा खो बैठे। उनसे रहा नहीं गया। उन्होंने एक मुट्ठी सरपत उखाड़ लिया। सरपत उनके हाथ में आते ही लोहे का वज्र मूसल हो गया। फिर तो जो-जो सामने आया, उसी मूसल से उसको मारना शुरू किया। उनकी देखा-देखी दूसरे यादवों ने भी सरपत उखाड़ना शुरू किया और सामने पड़ने वाले को मारना शुरू किया। जैसे वह सरपत की झाड़ नहीं, मूसलों का शस्त्रागार हो। और यह मदिरा की मादकता रही हो या मूसलों की माया या अपने प्राणों की चिन्ता। जिसके हाथ में मूसल आ जाता, वह यह नहीं देख रहा था कि सामने कौन है? वह अपनी बुद्धि और विवेक खोकर सिर्फ मूसल भाँजता और दूसरे को मार गिराता।

अन्धक अन्धक को मार रहे थे, वृष्णि वृष्णि को, भोज भोज को, शिनि शिनि को, कुकुर कुकुर को। जाने कितने पिताओं ने पुत्रों को और पुत्रों ने पिताओं को मार गिराया। आश्चर्य यह कि किसी के दिमाग में वहाँ से भागने तक का विचार नहीं आया। रक्तगन्ध से पागल होकर वे परस्पर मार और मर रहे थे और कृष्ण वज्र-मूसल के सहारे खड़े होकर उनका विनाश देख रहे थे।

अब तक वे शान्त और अविचल थे, लेकिन जब अपने पुत्र साम्ब, चारुदेष्ण के साथ ही पौत्र अनिरुद्ध को भी मारा गया देखा, तो एक बार फिर उनका क्रोध भड़क उठा। उसी क्रोध में उन्होंने बचे हुए शेष सभी यादवों का संहार कर डाला।

अब उस तट पर चारों ओर बिछी हुई, कटी-फटी लाशें थीं और रक्त से सनी रेत की कीचड़।

कृष्ण थककर उन्हीं के बीच एक पाषाण पर बैठ गए। थोड़ी देर बाद वहाँ बभ्रु और दारुक आए। दारुक ने उन्हें रक्त में नहाया हुआ देखा और यह भी देखा कि उनके खुले अंगों और बाल और दाढ़ी में मांस के दाने चिपके हुए हैं। कृष्ण के सूख रहे कपड़े हवा में फड़फड़ा रहे थे और दारुक बैठकर एक-एक टुकड़े बीनकर फेंकने लगा।

कृष्ण ने शून्य में देखते हुए अपने आपसे कहा–'यह सब क्या हो गया दारुक?'

उनका स्वर भीगा और भरभराया हुआ था।

दारुक उस समय उनकी दाढ़ी में उलझा मांस का कोई रेशा खींच रहा था। बोला–'यही तो मैं भी सोच रहा था दादा!'

बभ्रु ने कहा–'प्रभो, अब सबका विनाश हो गया। इनमें से तो ज्यादातर आपके ही हाथों मारे गए। अब हमें उधर चलना चाहिए, जिधर बलराम गए हैं।'

कृष्ण मूसल फेंककर खड़े हो गए–'दारुक, तुम तुरन्त हस्तिनापुर जाओ और अर्जुन से कहो, स्त्रियों-बच्चों को यहाँ से ले जाएँ!...और बभ्रु, आप वसुदेव महाराज को यह सारी सूचनाएँ दें और कहें कि वे अर्जुन की प्रतीक्षा करें।'

'और आप?' बभ्रु ने कहा।

'मैं दाऊ के साथ वन में तपस्या करूँगा।'

इतना सुनने के बाद जैसे ही बभ्रु वसुदेव महाराज को सूचना देने के लिए मुड़ा कि जाने कहाँ ऊपर से सरपत का मूसल उसके सिर पर गिरा और वह दो टुकड़े हो गया।

कृष्ण ने उसे गिरते हुए देखा और चल पड़े। वे अकेले रेत पर दाऊ के पैरों के निशान देखते हुए जहाँ पहुँचे, वहाँ दाऊ समुद्र में जल-समाधि ले चुके थे। उन्होंने दाऊ को जल की सतह पर पद्मासन की मुद्रा में बैठे लहरों के साथ हिलते-डुलते देखा।

सबेरा हो चुका था।

उस पार द्वारका धुन्ध में डूबी हुई थी।

कृष्ण ने बलराम और द्वारका को प्रणाम किया और लौट चले—जंगल की ओर।

7

जब कृष्ण सागौन, शिरीष, शाल, महुए और शीशम के घने पेड़ों के नीचे से गुजर रहे थे, उन्होंने भेड़ियों, लकड़बग्घों, गीदड़ों और लोमड़ियों को तट की ओर भागते हुए देखा। आकाश में मँडराती हुई चीलें दूर से ही दिखाई पड़ रही थीं। उन्हें ताड़ों पर गिद्धों के उड़ने और पत्तों के खड़खड़ाने की आवाजें भी सुनाई पड़ रही थीं।

वे सीधे बढ़े चले जा रहे थे कि कहीं से ठंडी हवा का झोंका आया। वे ठिठके और ध्यान से ध्वनि सुनी। पास ही कहीं झरना गिर रहा था। वे वहाँ पहुँचे। उन्हें याद आया, जब वे बलराम के साथ कुशस्थली की खोज में निकले थे, तो यहाँ स्नान किया था। उन्होंने अपने वस्त्र उतारे, मुँह धोया और जी-भर स्नान किया। दिमागी और शारीरिक थकान थोड़ी कम हुई। उन्होंने खून के धब्बों वाले वही वस्त्र फिर पहने। उनकी इच्छा हुई खुद को दर्पण में देखने की।

बहते हुए सोते में एक स्थल दिखाई पड़ा—निर्मल, स्वच्छ, पारदर्शी जल, जिसके नीचे संगमरमरी पत्थर थे। उन्होंने झाँककर देखा—डर गए थोड़ी देर के लिए। सिर्फ आँखें बता रही थीं कि वे कृष्ण हैं। उन्हें देखकर कौन कहेगा कि यही आदमी कभी ईश्वर था? सारी सृष्टि, ग्रह, नक्षत्र जिसकी आज्ञा के

लिए तत्पर रहते थे? जिसे देखते ही लोग चौंधिया जाते थे?

वे घूमते-घामते भालका तीर्थ पहुँचे। वे उस जगह की तलाश में थे, जहाँ बैठकर चैन की साँस ले सकें और ध्यानयोग करने के बाद गहरी नींद ले सकें। उनकी नजर गई—एक पीपल के दरख्त पर। यह पीपल कपिला और गोमती नदी के संगम के ऊपर था। इस जंगल का जैसे आदिम वृक्ष। उसके नीचे की जमीन ज्यादातर चिकनी और साफ-सुथरी थी—बिना घासों की। ठंडी हवा के झोंके से पत्ते घुँघरू और झुनझुने की तरह बज रहे थे। उन्होंने झाड़ी से एक टहनी तोड़ी और वह स्थान बुहारकर साफ किया, जहाँ पीपल के गूदे और सूखी पत्तियाँ थीं।

वे ध्यान करने के लिए कुछ देर तक बैठे रहे, लेकिन कर नहीं सके। चित्त चंचल ही बना रहा। वे एक पैर पर दूसरा पैर चढ़ाकर लेट गए। पलकें नींद से बोझिल हो रही थीं, लेकिन नींद नहीं आ रही थी। उन्हें लग रहा था कि अब तक वे नरसंहार का ही जीवन जीते आए हैं, जिसे वे याद नहीं करना चाहते।

शाम हो रही थी। चिड़ियों की चहचह बढ़ गई थी। वे अपने घोंसलों में लौट रही थीं। पीपल के पत्तों का बजना थम-सा गया था। जंगल से तरह-तरह की आवाजें आ रही थीं। उन्हीं में कहीं से लौटती हुई गायों के रेवड़ की टुन-टुन भी शामिल थी।

इस 'टुन-टुन' ने उन्हें गोकुल की—नन्दगाँव और वृन्दावन की याद दिला दी। यमुना के कछार, करील के कुंज, तमाल के तरु और गायों की चरवाही—इन्हें वे कभी भूल नहीं सके। नन्दगाँव का हर घर उनका अपना घर था, हर बूढ़ा आदमी नन्दबाबा था, हर बूढ़ी औरत जसोदा माँ थी, हर छींके की मटकी उनकी अपनी मटकी थी। सारी सजी-धजी गहनों से लदी-फँदी रानियाँ एक तरफ और अकेली राधा एक तरफ। ऐसा क्या था उसमें, आज तक वे नहीं समझ पाए। वे बचपन के नहीं, पागलपन के दिन थे, लेकिन वे ही दिन उनके जीवन के भी दिन थे, जब वे रोटी, नमक, प्याज पीले गमछे में बाँधकर गायों के साथ निकलते थे।...गोकुल छोड़ने के बाद उन्होंने क्या-क्या नहीं किए? अगर नहीं कर सके तो सिर्फ एक काम! राधा से किया वादा पूरा नहीं किया। कहा था कि लौटकर आएँगे, मगर नहीं लौट सके। कोई बात नहीं। अब वे द्वारका की चिन्ता से मुक्त हैं। देर नहीं हुई है। अब भी जा

सकते हैं। नन्दगाँव, फिर वहाँ से बरसाने...

इसी वक्त उनके मुँह से एक 'आह' निकली।

यह 'आह' राधा की स्मृति की नहीं, उस तीर की थी, जो उनके तलवों को भेदता हुआ उस पार चला गया था।

वे कुहनी के सहारे उठ बैठे। चारों ओर नजर दौड़ाई यह देखने के लिए कि तीर किधर से आया था? उन्होंने बाईं तरफ की गझिन झाड़ी के पीछे चिलबिल के पेड़ की ओट से आते एक युवक आदिवासी को देखा। रस्सी से बँधे सिर के लम्बे बाल, चौड़ा माथा, ठोड़ी पर काली दाढ़ी, कन्धे पर धनुष, एक हाथ में तीर, इकहरा बदन, सुगठित देह, लँगोटी पहने उनके पास आया। आते ही उसने उस पाँव को अपनी गोद में लिया।

'प्रणाम द्वारकाधीश! क्षमा करें, अनजाने में ही अपराध कर बैठा मैं। मैं आपके पाँव को उस हिरन का कान समझ बैठा, जिसका पीछा कर रहा था।'

'कौन हो तुम?' कृष्ण पीड़ा से लेट गए।

'यह तो मैं भी नहीं जानता। हाँ, माँ यह जरूर बताती है कि पिता कोई वसुदेव हैं, जो मथुरा नरेश कंस के कारागार में बन्द थे।'

कृष्ण चौंके–'वह तो मेरे पिता हैं, यह कैसे हो सकता है?'

'आप तो देवकी माँ के बेटे हैं न? और बलराम भी तो हैं–रोहिणी माँ के पुत्र?'

कृष्ण उसे देखते ही रहे और उसके चेहरे में स्वयं को ढूँढ़ते रहे। इतना देख लिया कि उसकी आँखों में उनकी आँखों जैसा तेज है।

रक्तस्राव तेज था। खून तलवे से भी बह रहा था और पाँव के ऊपर से भी। उसकी लँगोटी खून से भीग गई थी! जाँघों के दोनों ओर से खून टपकने लगा था। वह उसे रोकने के सारे जतन कर रहा था, लेकिन बेकार।

'यह कब की बात है?' कृष्ण ने पूछा।

'यह कैसे बता सकता हूँ? तब तक तो पैदा भी नहीं हुआ था। माँ इतना कहती है कि जब वे द्वारका के महाराज हुए, तो इन्हीं जंगलों में शिकार करने आते थे।'

'हाँ, आते तो थे।' कृष्ण सोचते हुए बोले, 'माँ को ला सकते हो?'

'ला तो सकता हूँ, लेकिन देखने के लिए आप नहीं रहेंगे तब तक।' उसने

उनके निष्प्राण होते शरीर को देखकर कहा।

कृष्ण चुप हो गए।

'द्वारकाधीश! एक विचित्र बात मैंने देखी। मैं हिरन को घायल करना चाहता था, मारना नहीं। और देखिए, तीर यही था, ऐसा ही सरपत का, सरकंडे का, लेकिन जैसे ही इस धनुष की डोर पर चढ़ाया, वह वज्र जैसा भारी हो गया और इसकी नोक देखिए, जहर बुझी जैसी। कैसे हो गया ऐसा, मेरी समझ में नहीं आ रहा है।' कहते हुए उसने उनके पैर को उठाकर अपने कन्धे पर रख लिया, लेकिन इससे खून का टपकना बन्द नहीं हुआ। उसकी पीठ पर बूँदें गिरती रहीं।

कृष्ण जैसे नशे में थे–कुछ चेतन, कुछ अचेतन। बुदबुदाए–'जब मैं ही नहीं समझ सका इस जीवन और जगत के रहस्य को, तो दूसरा कोई क्या समझेगा?...क्या नाम बताया तुमने अपना?'

'जरा, निषादों में सर्वश्रेष्ठ धनुर्धर जरा।'

कृष्ण के चेहरे पर हल्की मुसकान आई–'बुढ़ापे को भी जरा कहते हैं।'

'कुछ कहा आपने?'

'नहीं, पैर को कन्धे से उतारकर नीचे रख दो, आराम मिलेगा।'

उसने आहिस्ता से पैर उतारा, नीचे रखा और एड़ी के नीचे अपनी हथेली लगा दी–'द्वारकाधीश, घातक तीर नहीं है, घातक वह विष है जो उसकी नोक पर था। क्या करूँ? मेरी समझ में नहीं आ रहा है।'

कृष्ण का शरीर धीरे-धीरे बैंगनी पड़ता जा रहा था। साँस लेने में तकलीफ हो रही थी। गोमती और कपिला के संगम से हलकोरों की 'चप-चप' सुनाई पड़ रही थी। जैसे ही उधर से ठंडी हवा का झोंका आया, कृष्ण ने आँखें खोलीं–'मैंने तो यदुवंशियों का नाश ही कर दिया था जरा, लेकिन अब सन्तोष और खुशी है कि तुम बचे रह गए।'

कृष्ण का कष्ट जरा से छिपा नहीं रहा। उनकी देह अकड़ती जा रही थी। आँखें खोलना चाहते थे, लेकिन खोल नहीं पा रहे थे। उन्होंने अपनी भुजाएँ फैलाईं, जैसे उड़ना चाहते हों। जरा पैरों की तरफ से उठा और उनका सिर अपनी गोद में लेकर बैठ गया।

कृष्ण ने अन्तिम बार आँखें खोलकर उसे देखा। वे भावुक और द्रवित हो उठे। उनकी आँखों की कोर में आँसू छलक आए। उनके ओठ काँप रहे थे,

वे कुछ कहना चाहते थे, लेकिन आवाज बाहर नहीं आ रही थी। जरा ने झुककर अपना कान उनके ओठों के पास किया। वे कह रहे थे–'जरा मेरे भाई, द्वारका जाकर वसुदेव महाराज से कह दो, अब मेरी प्रतीक्षा न करें।'

'अरे, कैसी बात कर रहे हैं आप? कहीं नहीं जाऊँगा इस हाल में आपको छोड़कर!' जरा बिगड़कर बोला।

पता नहीं, कृष्ण ने उसे सुना या नहीं सुना। उनकी आँखें बन्द हुईं और सिर उसकी गोद में लुढ़क गया। उसने आहिस्ता से सिर को उठाया और नीचे रख दिया। चाँदनी छिटकी हुई थी और पीपल के पत्तों से छनकर उनके चेहरे पर आ रही थी। उसने उनकी भुजाएँ ठीक कीं, पाँव सीधे किए, और देर तक उस शान्त, प्रसन्न और पूर्णकाम मुखमंडल को निहारता रहा, जिसके बारे में बचपन से सुनता आया था।

चारों ओर से जंगली जानवरों की डरावनी आवाजें आनी शुरू हो गई थीं। उसने तत्काल सूखी लकड़ियाँ इकट्ठी कीं, थैले से पत्थर निकाले, घिसकर आग जलाई और धनुष-बाण लेकर खड़ा हो गया–चौकस और चौकन्ना।

जाने कहाँ से एक स्वर बराबर उसके कानों में गूँज रहा था–'शव को बचाए रखो, सुबह तक के लिए।'

आभार

1. **मौसलपर्वणि**—श्रीमहाभारते
2. **मौसलपर्व**—श्रीमन्महाभारतम्, श्रीमन्नीलकंठविरचित, प्रथम संस्करण, 1933
3. **श्रीमद्भागवत**—एकादश स्कन्ध
4. **श्रीहरिवंश पुराण**—गीताप्रेस, गोरखपुर, सं. 2068, नवाँ संस्करण
5. **महाभारत की कथा**—बुद्धदेव बसु, अनुवाद : डॉ. बच्चन सिंह, प्रथम संस्करण, 2004, भारतीय ज्ञानपीठ, 18 इंस्टीट्यूशनल एरिया, लोदी रोड, नई दिल्ली।
6. **महाभारत के महाअरण्य में**—प्रतिभा बसु, अनुवाद : इन्दुकान्त शुक्ल, सं. 2012, राजकमल प्रकाशन, 1-बी, नेताजी सुभाष मार्ग, नई दिल्ली।
7. **महाभारत : एक नवीन रूपांतर**—शिव के कुमार, अनु. प्रभात के. सिंह, राजकमल प्रकाशन, नई दिल्ली, संस्करण 2012
8. **क** : राबर्तो कलासो, अनुवाद देवेन्द्र कुमार, सं. 2006, राजकमल प्रकाशन, नई दिल्ली।
9. **युगान्धर**—शिवाजी सावन्त, अनुवाद : मृणालिनी शिवाजी सावन्त, बारहवाँ संस्करण, 2012, भारतीय ज्ञानपीठ, लोदी रोड, नई दिल्ली।
10. **युगान्त**—इरावती कर्वे, अनुवाद : हरिभाऊ उपाध्याय, सस्ता साहित्य मंडल, एन-77, पहली मंजिल, कनाट सर्कस, नई दिल्ली-7, दूसरा संस्करण 2012
11. **भारत सावित्री**—वासुदेवशरण अग्रवाल, सस्ता साहित्य मंडल प्रकाशन, 2011, एन-77, पहली मंजिल, कनाट सर्कस, नई दिल्ली।
12. **द्वारका का सूर्यास्त**—दिनकर जोशी, अनुवाद : प्रज्ञा शुक्ल, ग्रन्थ अकादमी, नई दिल्ली, संस्करण 2011

पाद टिप्पणी

1. **अक्षौहिणी**—पूरी चतुरंगिणी सेना जिसमें 1, 09, 350 पैदल, 65, 610 घोड़े और 21, 870 हाथी होते थे।
2. **योजन**—दूरी जो किसी के मत से 1 कोस की, किसी के मत से 4 कोस की, किसी के मत से 8 कोस की होती है।

(संक्षिप्त हिन्दी शब्दसागर के अनुसार)